OCEANO exprés

FESTÍN DE MUERTOS

RAQUEL CASTRO Y RAFAEL VILLEGAS
(COORDINADORES)

FESTÍN DE MUERTOS

ANTOLOGÍA DE RELATOS MEXICANOS DE ZOMBIS

WITHDRAWN

OCEANO exprés

FESTÍN DE MUERTOS
Antología de relatos mexicanos de zombis

© 2015, Raquel Castro y Rafael Villegas, coordinadores

© 2015, Bernardo Esquinca, Édgar Adrián Mora, Jorge Luis Almaral, Omar Delgado, José Luis Zárate, César Silva Márquez, Cecilia Eudave, Alberto Chimal, Joserra Ortiz, Bernardo Fernández *Bef*, Gabriela Damián Miravete, Karen Chacek, Antonio Ramos Revillas, Arturo Vallejo, Ricardo Guzmán Wolffer, Carlos Bustos, Norma Lazo, Luis Jorge Boone

Ilustraciones de portada e interiores: Richard Zela

D.R. © 2017, Editorial Océano de México, S.A. de C.V.
Eugenio Sue 55, Col. Polanco Chapultepec
C.P. 11560, Miguel Hidalgo, Ciudad de México
Tel. (55) 9178 5100 • info@oceano.com.mx

Primera edición en Océano exprés: junio, 2017

ISBN: 978-607-527-280-1

Impreso en México / Printed in Mexico

Presentación:
Muchos muertos vivos de México

Raquel Castro y Rafael Villegas

Ésta es una colección de historias sobre zombis (con zombis, alrededor de los zombis) escritas por autores mexicanos. ¿Por qué esas criaturas? No es porque sean personajes tan populares en la cultura pop actual…, o mejor dicho, sí, es en parte por eso. Pero no porque nosotros, o los autores reunidos, quisiéramos hacer con ellos exactamente lo mismo que han hecho incontables escritores en múltiples cuentos, novelas, películas y cómics. De hecho deseábamos hacer algo diferente con esas criaturas incontenibles, sin identidad, perpetuamente hambrientas: queríamos apropiárnoslas.

El pasado

La verdad es que el zombi tiene una historia larga, y bastante extraña, de adaptaciones y apropiaciones. Todo comenzó hace casi un siglo, en 1915, cuando Estados Unidos ocupó la nación caribeña de Haití en una de sus muchas campañas más o menos disfrazadas de guerra y conquista. En los años que siguieron, y hasta que las fuerzas de ocupación se retiraron en 1934, los rituales de origen africano de ese país se convirtieron en material de historias morbosas y terribles que poco a poco fueron cruzando el mar y fascinando a los estadounidenses. La más famosa de todas fue precisamente la del zombi, que en su origen es un personaje folclórico: la víctima de un brujo malévolo, muerta y luego resucitada por medio de hechicería. El cadáver reanimado carece de voluntad propia, y está bajo el control absoluto del hechicero. Ver los resultados de semejante transformación es fuente de inquietud y horror.

Varios relatos sensacionalistas sobre zombis "auténticos" se reprodujeron en la prensa de la época, pero el libro *La isla mágica* (1929) de W. B. Seabrook, y la película *El zombi blanco* (1932) de Victor Halperin, basada parcialmente en el trabajo de Seabrook, fueron los que terminaron por darle un lugar en la cultura popular de Estados Unidos. En ellos quedó asentada la imagen del zombi no sólo como un ser siniestro —el hombre o la mujer que conserva el aspecto humano, pero no los atributos humanos fundamentales de la razón y la voluntad—, sino también como un ser ajeno: una criatura que siempre será el *otro*, movido por propósitos o deseos desconocidos. Como el vampiro, el hombre lobo y otros grandes monstruos de distintas culturas, el zombi sería el visitante, el fenómeno, pero más frecuentemente, el atacante, el invasor e, incluso, el destructor.

Por supuesto que el zombi moderno no es el del folclore haitiano, sino el nacido en la cultura estadounidense que tiene al cine como su medio de difusión más importante.

Su aparición es abrupta y un poco accidentada: en la que hoy se considera su película inaugural, *La noche de los muertos vivientes* de George A. Romero (1968), no se dice nunca la palabra *zombi* y tampoco aparecen muchas de sus características actuales, pues su autor no se inspiró directamente en el personaje caribeño, sino en el que aparece en la novela *Soy leyenda* (1954) de Richard Matheson, que es una extraña especie de vampiro. Además, el aspecto visual de sus muertos vivientes, pálidos y ojerosos, se debe sobre todo al *look* de la tropa de fantasmas (¡!) que aparece en la película de culto *Carnaval de las almas* (1962) de Herk Harvey.

La película de Romero es innovadora pues desliga al muerto viviente de lo sobrenatural: se atribuye su aparición a una pandemia (causada por una catástrofe debida al uso o al abuso de la tecnología), y también se le utiliza como la imagen de una plaga. Su ataque es el de un mal no sólo inconsciente, sino también carente de sentido, porque ya no tiene un amo que lo controle. Simplemente destruye y se propaga.

Y, desde luego, el zombi también se ha propagado hacia México.

Aquí lo tenemos desde antes de Romero y su resurgimiento moderno, pues el zombi haitiano se hizo famoso desde mediados del siglo xx y halló un hogar en el cine nacional. Más aún, se volvió personaje recurrente, aunque siempre como extra: nunca era el gran enemigo a vencer, sino sólo el lacayo del brujo o del científico desquiciado a quien el Santo o Blue Demon debían enfrentar.

Lo más importante, sin embargo, es que la cultura popular mexicana no tuvo miedo de hacer su propia adaptación o "la nacionalización de Hollywood", como la llamaba Carlos Monsiváis, por la que los recursos, estructuras y argumentos de otros lugares se utilizan reconociendo sus fuentes, pero sin tenerles excesiva devoción y con la posibilidad de modificarlas siempre que sea necesario.

Este proceso continúa en la actualidad con el despliegue mundial que ha consolidado al zombi moderno —a la Romero, y ya no haitiano— a lo largo del siglo xx y lo que va del xxi.

El presente

Nacionalizado estadounidense (de padres haitianos) y cinematográfico, el zombi moderno se volvió global y multimedia. La idea de muchas personas durante el siglo pasado era que el cine se alimentaba de la literatura, pero con el zombi —entre otros personajes y tipos de narraciones populares—, asistimos al establecimiento del séptimo arte como fuente para otros lenguajes. De hecho, el principio del siglo xxi puede ser llamado "La época de oro del zombi", no sólo por la cantidad de películas (más de las que se produjeron en el siglo anterior), sino por la incorporación constante del monstruo en distintos formatos y medios, narrativos o no: la televisión, el cómic, la ilustración, el videojuego y, por supuesto, la literatura. El zombi confirma que todas esas adaptaciones creativas lo fortalecen, pues sobrevive y se expande, gracias a su flexibilidad, a las posibilidades que ofrece.

¿Qué sucede en la literatura? En México existe una tradición sólida —aunque no siempre reconocida ni de fácil acceso— de narrativa de imaginación fantástica. Sin embargo, el zombi (haitiano o moderno) no había hecho apariciones frecuentes en ella sino hasta hace pocos años. Al comenzar a preparar esta antología, nos dimos cuenta de que no existía un tratamiento constante del zombi entre los escritores mexicanos. Lo que emprenderíamos, junto con las autoras y los autores que se sumaran a nosotros, sería inevitablemente un proyecto de adaptación.

Como, por otra parte, hay de adaptaciones a adaptaciones, desde el principio decidimos que no nos interesaba la *tropicalización* del zombi, es decir, la unión de la mitología elemental del monstruo con los estereotipos de temas, escenarios, personajes y situaciones de lo supuestamente "nacional". Ya habíamos leído y visto demasiadas parodias torpes, por ejemplo, de la ciencia ficción, con cohetes espaciales malogrados hechos por ladrones de piezas mecánicas o extraterrestres que se intoxican al comer tacos en mal estado.

El zombi tenía que ayudarnos a entender la diversidad de cómo pensamos y escribimos en la actualidad: no debía reducirla ni, mucho menos, caricaturizarla.

Los autores de los cuentos de este libro son todos mexicanos, pero sus lugares de enunciación —las circunstancias a partir de las cuales escriben sus historias— son más complejos que la mera nacionalidad. Sus tradiciones narrativas no son sólo literarias, ni fantásticas, ni mexicanas; ya que sus vidas, contextos y entornos físicos e imaginarios, aunque coincidan en algunos aspectos, jamás son exactamente los mismos. Este libro busca ser una oportunidad para conocerlos mejor y para (re)conocernos —y al zombi, claro— en ellos.

Los cuentos
A continuación, algunas palabras sobre los autores y sus historias.

Para comenzar, es necesario decir que los cuentos tienen que ver, de distintos modos, con dos conceptos que se suelen relacionar con México, tanto aquí como en el exterior: *crisis* y *frontera*.

La primera frontera es la que une, sin igualarlos, a México y Estados Unidos, que no sólo son países, sino territorios de lo imaginario, entre los cuales no sólo migran personas y mercancías sino también ideas y símbolos. La elección de escribir sobre zombis aquí, en esta frontera geopolítica y cultural, no es por darle la espalda a "lo mexicano" (lo que se entienda por ello), sino para imaginar un tercer territorio, un espacio donde la influencia estadounidense se asimila pero también se critica: se le acepta cuando nos es útil, pero también se le hace frente. La adaptación simbólica del zombi implica no copiar ciegamente: es una estrategia de resistencia y reinvención de lo imaginario. Así, existe un diálogo crítico con la ficción estadounidense y sus convenciones narrativas en cuentos como los de Omar Delgado, Joserra Ortiz y Jorge Luis Almaral, cuyas historias ponen en duda el parque de diversiones de la industria del entretenimiento estadounidense.

En cuanto a las crisis, la primera de ellas es doble: la de la realidad nacional, el territorio y el Estado mexicano, pero también la del realismo y el costumbrismo como tradiciones dominantes de la literatura mexicana. Los autores aquí incluidos se atreven a crear nuevas realidades con el lenguaje y la imaginación (a veces fantástica, a veces no), pero también son capaces de representar algunas de las condiciones de lo que se da en llamar la *actualidad*. Historias como las de César Silva Márquez, Bernardo Fernández *Bef*, Alberto Chimal y Ricardo Guzmán Wolffer le dan la vuelta a los tratamientos comunes de la violencia, la realidad-espectáculo y la manipulación mediática, asuntos fundamentales para entender la historia mexicana reciente.

Por su parte, las historias de Bernardo Esquinca y José Luis Zárate abordan el pasado y la memoria: dos nociones ubicadas en el centro de la crisis de las identidades nacionales, en la frontera abismal de lo que a veces llamamos olvido. En sus cuentos encontramos pasados múltiples y memorias diferenciadas que conviven, chocan y redefinen lo que somos (o mejor: lo que estamos siendo) como mexicanos del siglo XXI. Ambos autores hacen efectiva aquella frase de L. P. Hartley, famosísima en México por ser el epígrafe de *Las batallas en el desierto* de José Emilio Pacheco: "El pasado es un país extranjero; allí hacen las cosas de otra forma".

Este ejercicio de extrañamiento permite a los autores no imitar las fórmulas utilizadas comúnmente para representar al zombi, sino atraerlo hacia sus propios universos narrativos, incluyendo la esfera de lo privado: las relaciones personales y familiares, que están sumidas en otra crisis: la del patriarcado, el machismo y el autoritarismo. Las jerarquías y roles sociales y sexuales tradicionales son amenazados a partir del zombi en los cuentos de Arturo Vallejo, Gabriela Damián Miravete, Carlos Bustos, Karen Chacek, Édgar Adrián Mora y Norma Lazo.

Finalmente, hay tres autores que de manera deliberada pasan de largo sobre el llamado *survival horror*: las historias de supervivencia tras un "apocalipsis zombi" que son tan comunes en el cine, el cómic, el videojuego y la literatura. Antonio Ramos Revillas, Cecilia Eudave y Luis Jorge Boone demuestran que el zombi sigue siendo territorio por construir, abierto al asalto de la imaginación más arriesgada y transgresora: la que pone de cabeza los órdenes establecidos, la que acecha no sólo en nuestros sueños sino también en nuestra vida cotidiana.

¿El festín de los muertos?

Durante los últimos años en México hemos sido testigos, de una forma u otra, del horror de la muerte y la violencia. También hemos visto cómo una y otra se explotan, morbosamente, en los medios, por lo que a diario las consumimos en grandes cantidades. Al mismo tiempo vivimos otro tipo de violencia, soterrada, escondida, constante: la de una nación que se anuncia incapaz de ofrecer un futuro para grandes masas de su población, y en especial para generaciones enteras de jóvenes. A ellos, de modo cruel —y significativo— se les desprecia y, de hecho, se les trata como algo parecido a zombis: se les niega identidad y razón, se menosprecia su voluntad, se les desalienta para que no tengan aspiraciones y voz. Se les mira siempre desde afuera, como una amenaza o un obstáculo, como si fueran una horda de bestias dispuesta a atacar en cualquier momento a los humanos "de verdad", a los "buenos".

Pero, ¿quiénes son los buenos? ¿Y quién dice que lo son?

Todas estas violencias son espectáculo noticioso, motivo de chistes y peleas tanto en las calles como en las redes sociales. Pero también son un recordatorio constante de que las balas y el deterioro social no necesitan mediación para alcanzarnos.

Y a la vez, esas realidades parecen decirnos algo más: que nuevos tiempos exigen nuevas historias de horror, capaces de dar sentido a una realidad que para muchos es inasible, imposible de enunciar cuando se le contempla directamente. Creemos que los zombis pueden cumplir esa encomienda: redefinirse una vez más para dejarnos ver aunque sea un reflejo, un resumen o un cuestionamiento de lo más intolerable y doloroso de nuestra realidad.

RAQUEL CASTRO Y RAFAEL VILLEGAS
México, octubre de 2012-mayo de 2014

La otra noche de Tlatelolco

Bernardo Esquinca

Su cerebro se encendió como un televisor. Era de noche, llovía y hacía frío, pero en su nueva condición esos detalles resultaban irrelevantes. Daba lo mismo que estuviera en el desierto, bajo un sol infernal, a cuarenta grados. Sombras y bultos se movían a su alrededor. Poco a poco sus ojos se adaptaron, hasta que fueron capaces de enfocar y distinguir contornos. En realidad no veía como una persona normal; si tuviera noción de la vida que acababa de dejar atrás, pensaría que las cosas tenían un aspecto de fotografía en blanco y negro. Sin embargo, había un color que podía ver, y que destacaba intensamente: el rojo. Además podía olerlo. Le provocaba algo que en el pasado hubiera definido como morirse de hambre. Y en el lugar donde se encontraba había una alfombra de sangre. Intentó moverse, pero sus ondas cerebrales aún no conectaban con sus engarrotados músculos. La sangre llamaba su atención, igual el movimiento de las cosas que iban y venían dentro de su campo de visión, pero también el suyo propio. Ése que aún no conseguía gobernar. Porque era un recién nacido de dieciocho años. Tan fuerte y tan torpe a la vez. Él no se daba cuenta de ello, por supuesto. No había pensamientos dentro de su cabeza, sólo una energía, tan oscura y antigua como la primera noche de la Tierra. Una energía hecha de hielo y de viento. La misma que ahora reanimaba su cuerpo, venciendo un letargo que se suponía debía de ser eterno. Justo antes de que sus articulaciones lograran coordinarse, permitiéndole alzarse como un autómata de carne y vísceras, algo ocurrió. Una imagen sali-

da de lo más profundo de su antigua conciencia apareció dentro de su cabeza, agitando su tieso corazón. A partir de ese momento, la tendría sobrepuesta en todas las cosas que sus ojos contemplaran, proporcionándole un objetivo distinto al de alimentarse. Aquella imagen que se tatuó en su mente era un rostro. Uno al que no podía darle nombre, ni dirigirle la palabra, ni siquiera reconocerlo. Sin embargo, ahora todos sus impulsos estaban enfocados hacia ese poderoso imán.

Al amparo de la noche y las ruinas prehispánicas, el autómata se escurrió hasta una calle lateral y abandonó el lugar de la masacre.

Atención: General Marcelino García Barragán
Secretario de la Defensa Nacional
Clasificación del informe: CONFIDENCIAL

Eran cerca de las once de la noche y la situación en la Plaza de las Tres Culturas parecía bajo control; sin embargo, se escuchaban disparos esporádicos cerca del edificio Chihuahua. Como se le informó a usted previamente, aún se retenía a varias personas —entre ellas, algunos miembros de la prensa internacional— a un costado de la iglesia de Santiago Tlatelolco, en espera del momento adecuado para liberarlas. Se les mantenía contra la pared y con las manos en la nuca, para evitar que observaran lo que ocurría a su alrededor. En la zona de los vestigios arqueológicos yacían los cadáveres de trece estudiantes que aún no habían sido retirados por los equipos de limpieza. Los custodiaban un grupo de soldados comandados por Jesús Bautista González, integrante del Cuarto Batallón de Infantería. Entonces sucedió lo inexplicable. En palabras de Bautista, todo ocurrió "como en una película en cámara lenta". Ante la incredulidad de los soldados, los estudiantes que daban por muertos comenzaron a levantarse "sangrando por la boca, y mostrando los dientes con la evidente intención de atacarnos". Los elementos del ejército reaccionaron y acribillaron a los agresores, sin poder evitar que un soldado fuera mordido en un brazo. Se le atendió ahí mismo, y continuó con sus labores, pues la herida no era de consideración. Tras el incidente, Bautista tomó precauciones: se encargó personalmente de rematar a los agresores con un tiro en la cabeza. "Apestaban como si llevaran horas muertos", explicó. "Pero eso no podía ser. Sentí que estábamos confundidos y exhaustos, así que saqué un paquete de cigarros y todos nos pusimos a fumar".

Minutos después, cuando el equipo de limpieza finalmente pasó a recoger los cadáveres para trasladarlos al Servicio Médico Forense, se detectó otra anomalía. "Conté los cuerpos en las camillas y eran doce", afirmó Bautista. (Cabe aclarar que su declaración fue tomada en las instalaciones del Hospital Central Militar, donde se le atendía de un *shock* postraumático. Sufría fuertes temblores, su piel estaba pálida y miraba hacia la nada con pupilas dilatadas.) Después agregó: "Juro por mi madre que antes del ataque eran trece cadáveres. Y si uno de ellos pudo volver a levantarse y escapar, eso sólo significa una cosa: que hay un puto muerto viviente suelto en las calles de la ciudad".

***

Julia no durmió. Las escenas de las últimas horas se agolpaban en su cabeza como una pesadilla. Encontrarse en la seguridad de su cama sólo empeoraba su estado de ánimo. Quería salir y buscar a Germán, pero sus padres no se lo permitían. Le dijeron que por el momento no era conveniente involucrarse. Que debía quedarse en casa y no llamar la atención. Ya recibiría noticias de su novio... A pesar de que Julia apretó los párpados, las lágrimas continuaron brotando. ¿Cómo demonios había ocurrido aquello? Ese día cumplían seis meses juntos; decidieron celebrarlo asistiendo al mitin en la Plaza de las Tres Culturas para repartir propaganda en apoyo al movimiento estudiantil. Y en un segundo el mundo se desintegró con la fuerza de las balas. En la mente de Julia todo era confusión. Recordaba las bengalas en el cielo, los helicópteros volando al ras del suelo, los disparos que comenzaron a sonar muy cerca de donde ellos se encontraban. A partir de ahí, no podía reconstruir la secuencia de los hechos. Tenía imágenes aisladas, como escenas tomadas de una película de terror. Sólo una cosa estaba clara: cuando el caos se desató, Germán la tomó de la mano y le gritó "No te sueltes", pero ante los embates de la multitud que corría despavorida terminaron separándose. Julia se quedó sola entre miles de personas que gritaban o caían con la cabeza reventada por los proyectiles. En el momento en que se desprendió de Germán, ella sintió como si le hubieran arrancado el brazo, aunque estaba ilesa. Había sido un dolor interno, un desgarro en el corazón. Entonces se detuvo en medio de la plaza y comenzó a gritar su nombre. Era como si se encontrara dentro de un sueño: por más que alzara la voz, ni ella misma podía escucharse. Julia se hubiera quedado ahí gritando hasta que la bayoneta de un soldado la partiera en dos, pero unas amigas la arrastraron hasta la avenida, donde se metieron dentro de un coche que iba pasando. Un Volkswagen, eso Julia lo recordaba muy bien. De lo que no tenía idea era de cómo le habían hecho para caber todas en ese vehículo tan pequeño. Días después, cuando hablara con otros compañeros de clase, se enteraría que muchos estudiantes fueron ayudados por automovilistas que se solidarizaron con ellos mientras huían de la matanza.

Ahora, envuelta en la penumbra de su habitación, hasta el silencio parecía una amenaza. Las gotas de lluvia se arrastraban por la ventana como si tuvieran vida propia. Y el bulto de su ropa tirada en el suelo semejaba un animal agazapado esperando el momento de saltar sobre su presa.

Julia apretó los puños y se clavó las uñas en las palmas, intentando que ese dolor ahogara al que sentía cuerpo adentro.

Un edificio de ladrillo rojo. El autómata era incapaz de pensar, sólo seguía impulsos. Sus pies se habían movido hasta llevarlo ahí. Él no se dio cuenta, pero su aspecto no llamó de manera particular la atención porque en ese momento muchos estudiantes caminaban por las calles con las ropas ensangrentadas. La imagen tatuada en su mente producía un pulso, una vibración que lo conectaba con su antiguo yo. Y era justo frente al edificio de ladrillo rojo donde lo sentía con mayor potencia. El problema —que por supuesto él no detectaba— era que se había parado en medio de la calle. Un coche se acercó y se detuvo a su lado. El conductor bajó la ventanilla y le preguntó: "¿Estás bien? ¿Quieres que te lleve a algún lado?" Atraído por el sonido de la voz, el autómata giró la cabeza. El hombre al volante profirió un grito y arrancó a toda velocidad. En la esquina, un grupo de indigentes observaba la escena. Habían improvisado un refugio bajo el zaguán de un local abandonado. Tenían un par de sillones desvencijados y un carrito del supermercado con sus pertenencias. Bebían alcohol del 96 e inhalaban pegamento. Uno de ellos se aproximó al autómata, lo jaló del brazo y lo llevó hasta el refugio. Le ofreció la botella, y con una sonrisa chimuela le dijo: "Ven. Eres uno de los nuestros".

Atención: Luis Echeverría Álvarez
Secretario de Gobernación
Clasificación del informe: CONFIDENCIAL

De acuerdo con su petición, diversos especialistas fueron consultados para esclarecer el incidente ocurrido en la Plaza de las Tres Culturas. Médicos, científicos y psiquiatras coincidieron en que una situación como la reportada por los soldados resulta imposible, y que su testimonio es producto de un episodio de histeria colectiva, debido a las circunstancias de estrés y violencia a la que estuvieron sometidos durante horas.

Sin embargo —y conforme con su indicación de no pasar por alto ningún detalle—, llama la atención lo declarado por Francisco González Rul, arqueólogo del Instituto Nacional de Antropología e Historia, quien hasta 1964 fue el encargado de las excavaciones en el recinto ceremonial de México-Tlatelolco; puesto del que fue separado tras las presiones de los urbanistas, que planeaban la construcción de un espejo de agua que circundaría la iglesia y el convento de Santiago. González Rul cayó en una profunda depresión tras su despido, y posteriormente fue ingresado en una clínica privada, donde permanece hasta el momento.

A continuación, se reproduce un fragmento de su testimonio:

"Sabía que algo terrible iba a ocurrir en ese lugar. Los huesos hablan, y yo vi las señales en ellos, particularmente en el denominado Entierro 14. Guardo decenas de libretas con anotaciones al respecto. Los huesos tenían marcas, indicios de que las partes más carnosas de los músculos habían sido desprendidas. La prueba del canibalismo ritual azteca. Con un fémur en las manos, miré hacia la plaza y vi una ola de sangre que se abatía sobre los edificios. Tlatelolco fue el último bastión de los mexicas durante la conquista, y tiene perfecta lógica que su regreso sea en ese epicentro. Cada tumba que se excava, cada fragmento de pirámide que sale a la luz, no hace sino confirmar que ellos nunca se fueron, que tan sólo han estado esperando el momento preciso para recuperar lo que les pertenece. Y para eso se requería de un sacrificio monumental. El gobierno cree que reprendió a los estudiantes, pero lo único que consiguió fue marcar el principio del fin".

***

A la mañana siguiente, Julia evadió la vigilancia de sus padres, escapó de casa, y con la ayuda de su amiga Ana se dedicó a buscar a Germán. Recorrieron delegaciones, hospitales y anfiteatros. La morgue de la Cruz Roja era la más impactante. Ahí vio muchos cadáveres traídos de Tlatelolco. Estudiantes en su mayoría, pero también madres y niños. Le llamó la atención que todos los cadáveres estaban descalzos. Entonces una imagen olvidada de lo ocurrido la tarde anterior regresó a su mente con la fuerza de las revelaciones. Mientras era conducida por sus amigas hacia la salvación, vio en el suelo de la plaza un extraño y contundente testi-

LA OTRA NOCHE DE TLATELOLCO   23

monio de aquel horror: Tlatelolco era un jardín en el que florecían los zapatos de los muertos.

Por la noche, Julia y Ana terminaron su peregrinaje, tan exhaustas como descorazonadas. Germán no estaba por ningún lado. Y más que sentir esperanza, interpretaron ese hecho como una terrible señal.

Cuando regresaban a casa a bordo del taxi colectivo, Julia observó las luces encendidas dentro de las casas. La gente cenaba o veía televisión. ¿Cómo podían hacerlo después de lo sucedido? Para ella nada volvería a ser igual. Comprendió entonces que había algo peor: que la vida siguiera su curso normal. A pesar de lo que sentía, no se cambiaría por ninguna de las personas que se movían como fantasmas detrás de las ventanas.

Memorándum de la Secretaría de la Defensa Nacional a la Secretaría de Salud
Clasificación: URGENTE / CONFIDENCIAL

El soldado que fue atacado durante el incidente en la Plaza de las Tres Culturas, y que responde al nombre de Ernesto Morales Soto, fue ingresado en el Hospital Central Militar debido a que su salud se deterioró de manera dramática de un día para otro. No hay un motivo claro para esta situación, ya que —según los testimonios de sus compañeros— sólo fue mordido por uno de los estudiantes. Morales Soto presenta los síntomas de un severo cuadro infeccioso, por lo que se solicita el envío de especialistas a este nosocomio. El médico que lo atiende sospecha que se trata de un virus desconocido, y teme un posible brote. De momento no se ha podido aislar al paciente, pues las instalaciones del hospital están rebasadas ante la gran cantidad de heridos que ingresaron en las últimas horas.

Se ruega su pronta respuesta a esta emergencia.

Boletín de la Policía Judicial del Distrito

A todos los agentes:

Se identificó al alumno que participó en el incidente de la Plaza de las Tres Culturas y que escapó a la vigilancia de los soldados. Responde al nombre de Germán Solís Enríquez, y es considerado altamente peligroso. Se requiere su detención, vivo o muerto.

Se anexa fotografía.

***

Era la hora del descanso. Los alumnos de la Vocacional 1 se encontraban en el patio central. El autómata era ajeno a eso, pero sintió un aumento considerable en la energía que emanaba del edificio de ladrillo rojo. Abandonó el refugio de los indigentes, quienes dormían profundamente, y avanzó hacia el origen del pulso. El vigilante de la entrada se quedó petrificado al verlo cruzar la puerta; una vez que logró recuperarse, tomó su radio y se comunicó con la policía. El autómata entró al patio provocando la desbandada de los alumnos, que corrían y gritaban dejando caer sus refrescos y bolsas de papas. Algunos permanecieron en los costados, y en el barandal del primer piso asomaron un montón de curiosos que querían fisgonear desde un lugar más seguro. Una sola persona permaneció en el centro del patio, impávida, mientras el autómata se aproximaba con pasos torpes. En el camino, el brazo derecho se le desprendió con un crujido y cayó al suelo, provocando una nueva oleada de gritos.

La imagen tatuada en su mente concordaba con la del rostro que ahora tenía enfrente.

Julia se enjugó las lágrimas, y esbozó su mejor sonrisa.

—Te he estado buscando —dijo, con un tono de voz que mezclaba miedo y emoción.

El autómata ladeó la cabeza. La vibración estaba en su apogeo y producía en él un efecto que podría definirse como sedante. Julia vio el orificio de bala que tenía en el pecho, y le pasó amorosamente los dedos por la herida. Ella no lo sabía, pero era el disparo que le quitó la vida, tan sólo diez minutos después de que sus manos se soltaran durante el caos de Tlatelolco. El otro agujero, que tenía a un lado de la ceja izquierda, era el tiro con el que Bautista lo remató; la mano temblorosa del soldado hizo que la trayectoria atravesara su cabeza sin tocar el cerebro.

—Tu camisa favorita se estropeó —fue lo único que atinó a decir Julia en ese momento—. ¿Te acuerdas cuando fuimos a comprarla a la Zona Rosa?

Los ojos del autómata centellearon un instante, luego volvieron a ser una gelatina gris. Un francotirador apareció en el techo. Julia pudo ver cómo se apoyaba en la cornisa y apuntaba con su rifle. Sus amigas le gritaron que se alejara. El director de la Vocacional, atrincherado en su oficina, utilizó los altavoces para pedírselo también. Ella escuchaba aquellas súplicas a lo lejos, como si aún no despertara, y los ruidos se colaran débilmente en su sueño.

Julia tomó una decisión. Una que, sin sospecharlo, representó a todos los estudiantes que sobrevivieron a la masacre: si la vida iba a ser una pesadilla, entonces ella no quería despertar.

Acercó sus labios a los de Germán y lo besó.

El francotirador recibió la orden. Su disparo fue certero: atravesó limpiamente las cabezas de ambos.

Segundos antes de que eso ocurriera, y de que su muerte en vida se apagara definitivamente, el autómata respondió al impulso de Julia. No la besó, porque ya no recordaba qué era eso.

Lo que hizo fue morder sus labios.

Su cerebro se encendió como un televisor.

El soldado Ernesto Morales Soto acababa de ser declarado muerto. El médico que lo atendía lo cubrió con una sábana y le dio la espalda, exhausto. Por eso no pudo ver lo que sucedió a continuación. Lo último que pensó fue que nunca había vivido una jornada como aquélla, y que probablemente nunca volvería a vivir otra igual.

No se equivocaba.

El autómata apartó la sábana y se incorporó. Tenía un hambre que los vivos eran incapaces de comprender, porque no se detenía nunca. Era primitiva, y su único objetivo consistía en crecer hasta llenar un cuerpo vacío.

Cuando no hay pensamientos, ni sentimientos, ni recuerdos, lo único que queda es eso.

HAMBRE.

El autómata abrió las mandíbulas, se abalanzó sobre el médico, y de un mordisco desató la epidemia.

El sótano de una casa en una calle apenas transitada

Édgar Adrián Mora

Sofía conservaba al zombi por una cuestión que no podía explicar. Le parecía que alguien debía hacerse cargo de él. O de eso. Nunca se ponía de acuerdo consigo misma sobre cómo debía referirse al cuerpo que llevaba años atado en el sótano. En algunas ocasiones le asaltaban pensamientos de los cuales después, inexplicablemente, se arrepentía. Pensaba que sería algo bueno que un día, sin más, bajara al sótano y lo encontrara muerto. Al principio pensó que eso podía ocurrir cualquier día. Porque el olor nauseabundo crecía, o porque a veces el zombi babeaba más que de costumbre. Porque al recoger su bandeja del alimento encontraba dientes que se le caían al atacar con fuerza excesiva el recipiente de acero inoxidable. Pero eso nunca ocurrió. Sofía lo comprendió tiempo después: él nunca moriría.

El zombi fue una herencia. Hace algunos años, cuando el tío Roberto murió, todos los sobrinos —nunca hubo hijos— acudieron a la casa del muerto a escuchar lo que les tocaba en herencia. Todos se llevaron algo: la casa, el auto, un juego de cubiertos, la anacrónica biblioteca, una membresía de algún club prestigioso, un juego de maletas, pinturas de tiempos más afortunados. Sofía rescató una de esas pinturas. Le pareció particularmente bonita: una ciudad sobre la cual un volcán escupía lava, rocas y fuego. El rojo volcánico se interrumpía violentamente por el gris de la contaminación y el concreto. Sofía no era alguien cercana al tío Roberto. De hecho, sólo había acudido por acompañar a la prima Hortensia, una enfermera que había ganado la rifa del león en la repartición: la casa del tío era para ella. Todos sabían que se la había heredado por cuidarlo los últimos años, cuando el tío ya ni siquiera podía ponerse en pie y sólo hablaba de los tiempos en que todos creían que el mundo se acabaría. Sofía se alegró por su prima. La vida de la repentina dueña de la casa había sido oscura. Sus momentos de felicidad eran tan grises que ni siquiera los recordaba. Justo cuando los buitres se marchaban de la casa cargando títulos de propiedad, facturas o cosas variadas y disímiles, el notario levantó la voz:

—¿Quién se va a quedar con el zombi?

El tío Roberto tenía un zombi. Lo había conservado desde los tiempos de la infección. Lo había alimentado. A veces hablaba de él, pero nadie lo había visto. El notario volvió a preguntar. Todo mundo se hizo el desentendido. Entonces, nadie supo por qué extraño impulso, Sofía dejó oír su voz.

—Yo me lo llevo.

Todos suspiraron aliviados.

De más está decir que el zombi era inofensivo. Que se dedicaba a estar sentado en el suelo, o a golpear su cabeza contra la pared durante horas. Era silencioso. Ni siquiera cuando sus horarios de comida se alteraban mostraba algún tipo de incomodidad. Una vez Sofía hizo un viaje en el que invirtió más días de los que había calculado. El zombi había dejado su bandeja de comida reluciente. Hacía días que lamía la superficie luminosa de acero inoxidable, buscando la sensación que la mezcla de alimento que Sofía le daba renaciera entre sus mandíbulas desdentadas y su lengua hecha jirones.

Cuando Sofía lo vio ahí, lamiendo el recipiente con una paciencia infinita, de siglos, sintió que el corazón se le encogía. Subió corriendo hasta la cocina y sacó las dos latas de comida para zombi que guardaba para alguna ocasión especial. Eran bocadillos de primera, según rezaba el papel que envolvía las latas. Vació el contenido de éstas en el recipiente y, con una cuchara, trató de empujar los restos que pudiesen quedar depositados en el fondo de los botes. Cuando se dio cuenta de lo ridículo de su urgencia lanzó al suelo el recipiente lleno de alimento; éste se vació sobre las losetas de la cocina dejando una mancha marrón que se deslizó con lentitud y comenzó a extenderse. Pero después de esa reacción, Sofía tomó la misma cuchara que había usado unos momentos antes y volvió a llenar el recipiente.

En el sótano puso la bandeja sobre el suelo. El zombi se acercó sin prisa, metió sus dedos, algunos ya sin uñas, en la bandeja y comenzó a llevarse la comida a la boca. Comió sin ruido, después se puso de espaldas a Sofía, contra la pared, y comenzó a golpearse la cabeza.

En tiempos en que el calor aumentaba, Sofía solía tener un sueño recurrente, era una estampa que se ubicaba en la frontera donde lo onírico y lo recordado no estaban bien delimitados. Soñaba-recordaba a Héctor, durante los malos días. Porque Sofía no había estado sola toda su vida. Había vivido con Héctor, hasta antes de que todo comenzara. Y los malos días se lo llevaron todo. Porque para ella, Héctor lo era todo. Tenían dos años viviendo juntos y muchos planes. Querían tener un hijo. Pero todo desapareció cuando Héctor tuvo que hacer frente a la infección. Primero luchando contra los rabiosos desafortunados que, desprovistos de voluntad, se lanzaban en ataques masivos contra los que aún no habían sido infectados. Buscaban comida: carne humana. Fue una fortuna que se descubriera la espuma. El antídoto perfecto. Una especie de sustancia efervescente que, rociada sobre las multitudes de infectados, los despojaba de su instinto agresivo y los condenaba a vagar eternamente sin destino y sin propósito. Les arrebataba también el gusto por la carne humana. Entonces fue que, poco a poco, la sociedad retornó al estado anterior al de las invasiones. Pero la presencia de los zombis en las calles, en las carreteras, en los plantíos de maíz, en las playas del mundo, era una cosa que se hacía cada vez más incómoda. Fue entonces cuando el gobierno lanzó la iniciativa de que quien lo deseara podría adoptar uno. La medida fue propuesta después de que grupos radicales comenzaran a organizar cacerías de zombis porque pensaban que seguían siendo focos de infección. De nada valieron las explicaciones de la comunidad científica: lo que había convertido a esos desdichados en zombis había sido neutralizado definitivamente. Pero nadie detenía a los héroes decapitadores y a sus machetes, escopetas y lanzafuegos. También aparecieron los otros: los que comenzaron a defenderlos, a encadenarse a ellos, a propugnar porque las legislaciones del mundo emitieran leyes que protegieran sus derechos, hasta los cristianos que abogaban por la salvación de las almas que todavía habitaban agazapadas en los cuerpos decadentes. Cuando se lanzó la iniciativa de adopción, la población de zombis había sido diezmada casi hasta la extinción. Sólo quedaban algunos que vagaban por los basureros y las zonas en donde a nadie molestaban. Uno de esos fue el que el tío Roberto había adoptado. Con ellos soñaba Sofía. Porque Héctor también había sido, o era, uno de ellos. Después de que fuera infectado, Sofía perdió la pista de Héctor, a pesar de haberlo buscado en todos los lugares posibles. Incluso revisó los registros de ADN que el gobierno recabó para que los familiares pudieran encontrar a sus parientes perdidos. Héctor nunca apareció. Sofía lo buscó hasta que se dio por vencida y se quedó sólo con la esperanza de que siguiera vivo y de que alguien lo estuviera cuidando. Esto había pasado muchos años antes, pero Sofía todavía lo recordaba. Y de esos recuerdos se formaban sus sueños, que aparecían en los meses en que el calor arreciaba.

Un buen día Sofía se hartó del zombi. Tarde o temprano tenía que pasar. Incluso para aquellos activistas más recalcitrantes, llegaba un día en que la presencia del zombi se hacía insoportable. Y entonces, aludiendo a sentimientos de piedad, lo mataban. O lo llevaban a algún lugar remoto en donde fuera difícil que volviera a encontrar el camino. Pero lo encontraba. Algo había en la naturaleza del zombi que siempre lo empujaba hacia el lugar que le había servido de refugio durante algún tiempo. Y entonces, los activistas que habían abandonado al zombi en el despoblado lo volvían a recibir, o lo mataban para que no encontrara el camino de regreso otra vez.

Ese día le llegó a Sofía. Fue un día caluroso. Lleno de sueños horrendos, de recuerdos dolorosos. Entonces se convenció de que si el zombi desaparecía también lo haría su angustia. Y bajó al sótano. Llevaba un cuchillo que tomó de la cocina. Cuando estuvo frente a él, cortó la soga que lo mantenía atado a una argolla en el suelo. Después le mostró las escaleras que daban al exterior. La puerta del sótano se abría hacia el jardín de la casa. El zombi no se movió. Sofía entonces comenzó a gritarle. Lo empujó. Intentó arrastrarlo hacia la escalera. Todos sus esfuerzos fueron en vano. El zombi tenía una fuerza insospechada y no hubo manera de sacarlo de su mutismo y su inmovilidad. Sofía pensó entonces que, si lo dejaba solo, la curiosidad se apoderaría de él. Y entonces se retiró. Volvió a subir a su habitación. Trató de que las horas se deslizaran por la carátula del reloj. Sólo entonces bajó. Despacio, sin hacer ruido. Se asomó con sigilo al sótano, con la esperanza de que hubiera desaparecido. Era en vano. Sofía pudo ver que el zombi, sin ninguna posibilidad de lograrlo, intentaba unir de nuevo los extremos de la soga que ella había cortado horas antes. Salió al jardín. La luna mostraba una corona de luz roja.

Han pasado varios años desde que Sofía lo llevó a vivir al sótano de su casa. Varios años también desde que intentó echarlo. Ahora le cuesta trabajo bajar las escaleras para alimentarlo. Nadie ha querido ayudarle. Alguien le preguntó por qué seguía conservándolo si sólo quedaban unos cuantos. Ella se encogió de hombros y decidió no volver a pedir ayuda. Ha envejecido. Su respiración es cada vez más difícil. Sabe que morirá en cualquier momento. Como todos. Como casi todos.

Sofía baja al sótano. El zombi se golpea la cabeza contra la pared. Lo hace siempre en el mismo lugar. Donde una mancha de color indefinible se ha formado con cabellos, sangre, escamas de piel muerta y quizá, algún pedazo de cráneo. Sofía va hasta él. Lleva el mismo cuchillo de la vez que intentó liberarlo. Y vuelve a hacer lo mismo. Corta la soga. El zombi voltea a verla. Ambos se miran en la semipenumbra del sótano. Ella no soporta la mirada. El aire le inunda los pulmones. El aire abandona sus pulmones. Cae a los pies del zombi. Él se pone en cuclillas, toma su cabeza y se la pone en el regazo. Parece acariciarle los cabellos blanquísimos.

El zombi emerge, como una aparición fantasmal, de la escalera que da al jardín. La vida en la calle se detiene. Unos niños miran con curiosidad al recién parido a la luz. Los adultos no saben qué hacer. El zombi entrecierra los ojos, el sol brilla con la intensidad del mediodía. Todo en él es resequedad, quizá algún brillo en la comisura de los labios, pero nada más. Entonces comienza a caminar con pasos inseguros, pasos de zombi. Todos lo ven desfilar cansinamente en mitad de esa calle apenas transitada. Un auto incluso se arrima a la acera para que pueda pasar por el medio. Llega al final y da vuelta hacia la calle que va a la carretera. Se pierde de vista.

Entonces se escucha un grito que ha salido del sótano de Sofía. A alguien se le ocurrió bajar a mirar. Varios curiosos se acercan al escuchar el grito. Bajan las escaleras. Y entonces se oye otro grito, algo más bajo que el primero.

Sobre el suelo está el cuerpo de Sofía. Está muerta. Con el cráneo destrozado. Un cráneo destrozado y vacío.

El deber de los vivos

Jorge Luis Almaral

Seis y media de la mañana. Suena la alarma del despertador por tercera vez. Mierda, voy a llegar tarde de nuevo. Alex se cambia apresuradamente para irse a la escuela, agarra su mochila, se toma un vaso de leche y sale de casa.

No, no, no. ¡Me caga que se me vaya el camión! Si hubiera salido unos minutos más temprano. Alex aprieta el paso. Pero claro, a huevo me tenía que chutar toda la saga de Romero. No podía esperarme al fin de semana, ¡¿cómo?! Si *La noche de los muertos vivientes* se terminó de descargar anoche. A las dos cuadras pasa el camión de la otra ruta que lo podía dejar cerca de su escuela, el conductor lo ignora y se sigue. ¡Puta madre! ¿Pero sabes qué?, llegaré a tiempo caminando porque Ortega siempre se retrasa en la primera hora.

Cinco para las siete en su reloj, vuelta a la siguiente esquina y a su ritmo, otros diez minutos. De pronto, un impacto muy cercano lo hace saltar. Voltea al cancel que está a su derecha y se queda congelado, pues se encuentra con la figura más inquietante de la mañana: una mujer semidesnuda que choca repetidamente contra las barras de acero, parece que no está consciente de que el cancel le obstruye el paso. Pinchi vieja loca, ¿qué pedo? Alex ríe nerviosamente. Oiga, métase a su casa, ¿no le da vergüenza? No recibe respuesta. Le mira el rostro: cara pálida, pelo maltratado, boca abierta. La tipa está drogada o enferma. Recuerda que va a la escuela y retoma su camino. Se detiene otra vez. Ella ha soltado un alarido grave y profundo. Alex siente un escalofrío. Mordisquea la uña de su pulgar y observa a la mujer con detenimiento: su piel se nota reseca, raspones y moretones repartidos en su cuerpo, mirada perdida, labios partidos, secreciones oscuras y secas en su boca. Los espontáneos jadeos y alaridos le sugieren a Alex una idea ilógica.

Saca de la mochila su regla "T". Empuja levemente a la mujer con la regla. No reacciona. Lo hace con más fuerza. La piel tiesa. ¿Será esto el rigor mortis? No seas pendejo, eso sólo le pasa a los muertos. ¡Oiga! ¡Métase a su casa! ¡Hey! La mujer no se inmuta. Ya, Alex, ya estuvo bueno, esta doña no va a ir a ninguna parte y no falta mucho para que se termine la primera clase. Decide retomar el camino pero no se mueve. Su cabeza alberga una idea descabellada desde hace un rato, una que prefiere ocultar. ¿Y si fuera un zombi? Es pendejo que lo piense siquiera, pero es que sí parece uno. Observa a su alrededor: la banqueta vacía, carros esporádicos por la calle, no hay ninguna señal de que ésta sea una mañana distinta y, sin embargo, ella...

Dos pruebas, si ella no las pasa me voy a la escuela y ya no vuelvo a ver otra película sobre muertos vivientes. Toma con firmeza el brazo de la regla y le da una estocada a la mujer. La regla se dobla un poco y cruje. La mujer retrocede. Se inclina. Un pie atrás. Recupera el balance. Se arroja hacia Alex. Se impacta contra los barrotes. Primera prueba: superada. Mierda. El estudiante nuevamente mordisquea la uña de su pulgar. Acabemos con esto de una vez. Se arranca una costra de su brazo, talla la sangre que sale de la herida en una hoja de libreta y la encaja en un extremo de su regla. Los zombis son muy sensibles al olor de la sangre; si en realidad es uno, seguirá la hoja. Traga saliva. Acerca el papel a la cara de la mujer y recorre unos metros del cancel sin separarlo de los barrotes. Ella comienza a jadear con ansiedad, sigue el papel con un paso torpe restregando su cara contra las barras de metal. Alex siente un impulso de salir corriendo de ahí, pero no lo hace.

Si en realidad es un zombi, ¿acaso no es mi obligación matarlo? Digo, qué tal si muerde a un perro que pasa cerca, y éste muerde a alguien más y, cuando menos se lo imaginen, holocausto zombi, justo como en *28 días después*. ¿Y quién sería el culpable? Yo, por no haber detenido al primero. Pero si la mato ahora sería un héroe, habría salvado a la humanidad. Alex, el cazador de zombis. No suena mal. Ya veo los periódicos: "Joven valiente salva al mundo al matar al primer zombi, evitando así que se esparza la infección". Mientras contempla su futuro, un camión se le atraviesa a un carro; frenones, pitidos y mentadas de madre entre los choferes de los vehículos interrumpen sus ideas. Pero, ¿y si no es? ¿Como sé yo si en realidad es un zombi? ¿Cómo sé que no es una loca a la que le gusta hacerse pasar por zombi? Médico no soy, no puedo asegurar que esto no sea una enfermedad rara o algo así. ¿Y si la mato y no era un monstruo? Sería un asesino e iría a la cárcel por haber visto demasiadas películas de terror. O quizá termine en un manicomio donde me dirían el loco de los zombis y me tendrían en un cuarto acolchonado. Mierda, mejor debería irme a la escuela. La mujer intenta morder al papel tallado con sangre. El joven la golpea con la regla como reflejo. La regla se quiebra al impactar la cabeza de la agresora, abriéndole una herida en la frente. Ella se retuerce un poco y sigue lanzando mordidas.

¡Mira lo que me hiciste hacer, pinche loca! No mames, le valió verga. No, no le valió verga, es un zombi. Y como cualquiera de ellos, no siente dolor. Abre su mochila y saca una escuadra busca centro: metálica, de brazos prolongados, gruesa y, sobre todo, con un par de puntas afiladas. No es un arma, pero si se la clavo con suficiente fuerza puedo atravesarle la cabeza.

Alex sujeta con fuerza su útil escolar. El camión que lo lleva a la escuela se aproxima lentamente. La mujer se estrella contra el cancel. Alex ve al camión detenerse en el semáforo, mira la escuadra, mira a la mujer. ¿Entonces qué, Alex, te vas a la escuela o salvas al mundo?

Show business

Omar Delgado

I

Amanecía cuando finalmente avistamos la isla Yin-Ki o, como se le conoce desde hace tiempo, *Zombie Island*.

Tiene la forma de un cuchillo de caza que permanentemente intenta rasgar la barriga de la península Indochina. El extremo sur-sureste de la isla remata en un volcán inactivo que asemeja el mango del arma y que es donde el director decidió filmar las escenas faltantes.

—Es magnífico, Kramer —me dice al oído Blackwood, quien, al igual que yo, ha pasado toda la noche en la proa del barco. Estruja entre sus manos un ejemplar del guión de *Guadalcanal*—, magnífico. La locación es justo como la había soñado. Te aseguro que en esta ocasión no se me escapa el Oscar.

—Primero hay que salir vivos de aquí.

—Claro que lo haremos —me palmea la espalda, haciendo que derrame mi café—. ¿No dices que la música los atonta?

—La realidad muchas veces es distinta a lo que se lee en Internet, Blackwood.

—Pues sí, pero por eso traigo al mejor supervisor de seguridad, o sea, a ti —suelta una carcajada que parece rasgar el cielo—. Además, como bien decía Víctor Hugo: "La fortuna y el amor son amigos del audaz".

—Eso lo decía Virgilio.

—Víctor Hugo, Virgilio… franceses al fin, ¿no?

Intenté pintarme una sonrisa acorde a su comentario para luego verificar que los otros dos barcos siguieran a nuestro lado. Acto seguido, tomé los binoculares para dar una oteada a la playa. A medida que clareaba el horizonte, los fui distinguiendo: sombras que emergieron de entre la floresta con su paso aletargado mientras el aire comenzaba a saturarse con sus aullidos. Nos olían, olfateaban nuestra carne. Salieron uno a uno, caminando con dirección a nosotros. A pesar de la distancia, me parecía escuchar sus dentelladas. Efectivamente, su piel era del color de las aceitunas y algunos de ellos se comenzaban a descarnar. Pronto llenaron la playa. Corrieron hacia nosotros, pero al llegar a la orilla, se detuvieron. Cuando el agua salada les tocaba la piel, se replegaban como si les quemase, así que se limitaron a observarnos, estirando sus brazos, esperando saltar sobre nosotros para arrancarnos el pellejo. Distinguí a uno entre la multitud. Por su porte, supuse que antes de la plaga debió haber sido un jefe o un chamán, y aún como zombi se movía con la dignidad propia de quien se sabe por encima de la media.

Era hora de probar la música.

Luego de dar la instrucción a los capitanes a través del *walkie talkie*, los altavoces de los barcos comenzaron a expeler el *Concierto de Brandenburgo N° 4*. Observé de nuevo a las criaturas. De inmediato, parecieron entrar en trance. Relajaron los brazos, perdieron la vista en el vacío y se comenzaron a balancear con suavidad, como si intentaran sincronizarse con el vaivén de las olas. Blackwood saltó de alegría.

—Eres un genio, Kramer, un jodido genio. Ahora sí, vamos a hacer cine en serio.

II

La epidemia comenzó cinco años atrás. Los reportes médicos la tipificaron como una variedad muy agresiva de lepra, pues la piel del infectado adquiría un color verdoso y se iba cayendo a jirones, lo que era acompañado por un dolor intenso. El padecimiento también afectaba el cerebro de manera similar a la rabia, pues los pacientes se volvían inusitadamente agresivos y peligrosos. Casi todos los enfermos adquirían conductas caníbales.

Al principio, la plaga puso a los gobiernos del mundo en alerta máxima por el riesgo de contagio. La paranoia corrió a la velocidad de los bits y de los bytes, y durante varios meses todas las naciones del globo vivieron en estado de sitio. Sin embargo, gracias a las características geográficas de Yin-Ki, la situación fue fácilmente controlable: simplemente se cerró cualquier transporte o comunicación para que la enfermedad quedara confinada en los límites de la isla. Así, Yin- Ki se volvió la primera reserva natural de seudomuertos verdosos y el resto del mundo pudo dormir con tranquilidad.

Luego del temor inicial, la isla se convirtió en juguete de ricos ociosos y tontos de capirote. No faltó quien llegara en lanchas rápidas para adentrarse en playa y filmarse siendo perseguidos por los zombis o jugara tiro al blanco con ellos desde sus yates con alta tecnología. Fue justamente uno de estos últimos quien descubrió lo de la música. El estúpido de marras navegó hasta Yin-Ki con la intención de reventar algunos millares de cabezas zombis con su rifle de precisión, al tiempo que escuchaba, a través de los altavoces, la *Cabalgata de las Walkirias* de Wagner. Luego que se aburrió, y quizá sintiéndose Hannibal Lecter, eligió algunas piezas de Johann Sebastian Bach. Al llegar a los conciertos de Brandenburgo, se dio cuenta de que las criaturas se apaciguaban de súbito, y que caían en trance, en específico, al escuchar el número 4.

Fue Blackwood, quien en sus ratos de ocio se topó con el blog del individuo en cuestión, al primero que se le ocurrió utilizar a las criaturas como extras. "Llegamos, ponemos la música, los maquillamos, los vestimos y comenzamos a filmar". El director, a quien los premios de la academia se le habían escapado por más de quince años, necesitaba filmar dos escenas bélicas contundentes para terminar el rodaje de *Guadalcanal*, escenas llenas de sangre y muertos. "Y qué mejor que hacerlo con muertos reales, Kramer".

III

—¡Iniciamos en cinco minutos, todos a sus posiciones! —ordenó Blackwood.

Tardamos casi dos días en habilitar el set. Construimos dos nidos de ametralladora en la parte alta de una ladera, del lado del volcán. Colocamos también, entre la playa y nuestra locación, una veintena de cámaras automáticas. El director había decidido filmar personalmente justo entre los nidos de ametralladora, donde se captarían las escenas más dramáticas de la película y en donde se estaría más expuesto a los seres.

—¡Luces...!

Cuarenta y ocho horas antes, no bien habíamos desembarcado, un ejército de maquillistas y vestuaristas, cobijados por la música del barroco alemán, se dirigió a las inmóviles bestias para vestirlas de soldados japoneses, disimularles el tono pantanoso del cutis y pegarles las armas de utilería en las manos. Todas las criaturas, sin importar su sexo o edad, fueron habilitadas como tropas del emperador Hirohito. Mientras tanto mi equipo, apoyado por los mercenarios, preparó las armas que utilizarían los actores, cargándolas con balas y explosivos reales.

—¡Cámara...!

La idea era filmar a una horda de soldados japoneses tratando de llegar a los nidos de ametralladora estadounidenses. Los actores tratarían de detenerlos a punta de plomo y pólvora mientras Blackwood obtenía sus primeros planos. Finalmente, cuando los zombis estuvieran a punto de alcanzarnos —yo estaría con ellos—, la gente de los barcos pondría nuevamente la música. Así, a salvo, podríamos recoger nuestras cosas y regresar a la costa californiana para la postproducción de la cinta. Todo esto, por supuesto, si todo salía bien y los seres no nos convertían en su almuerzo.

—¡Acción! —gritó Blackwood, y Johann Sebastian guardó silencio. De inmediato, las criaturas retomaron su fiereza habitual. Guiados por nuestro aroma, comenzaron a subir la ladera. Los actores hicieron tabletear las ametralladoras y arrojaron las granadas. Pronto todo fue una lluvia de sangre, vísceras sobre la playa, brazos y piernas moviéndose junto a las cámaras, zombis decapitados por las balas chocando unos contra otros, torsos arrastrándose, cabezas explotando... Los actores, al principio reticentes a disparar a las criaturas, ahora se daban gusto con el gatillo entre carcajadas y gritos de euforia.

Entonces fue cuando pasó. A pesar del vestuario y del maquillaje, distinguí al chamán. Se detuvo justo en medio de la ladera y alzó el arma al cielo al tiempo que gritaba como si su alarido contuviera todo el sufrimiento de su pueblo. Sólo de verlo y escucharlo sentí que el corazón se me agrietaba.

—Magnífico, magnífico —repetía Blackwood como idiota, sin despegarse de la lente de la cámara.

IV

—Jackie Monroe, por *La vida y sus caminos* —repitió mecánicamente la actriz presentadora. A mi lado, Blackwood se revolvía furioso en su butaca. Hacía menos de quince minutos que habían anunciado al ganador de mejor director del año. Por supuesto, no había sido él.

—Zachary McNolan, por *El honor y la espada*.

Yo me reí por dentro. En cuanto se estrenó *Guadalcanal*, la crítica la destrozó. Se dijo de ella que la música era infame, que el guión parecía escrito por un equipo dedicado a las *soap operas*, que los efectos especiales se veían demasiado falsos... En fin, lo habitual.

—Robert Strong, por *Hermanos*.

A pesar de la tunda que nos dieron en los medios, *Guadalcanal* tuvo muy buena taquilla, además de recibir varias nominaciones al

Oscar, entre ellas, la de mejor director. De inmediato, Blackwood supuso que la Academia lo compensaría de una vez por todas, que tendría su nicho al lado de los grandes fabricantes de sueños. Llegó a la noche de gala con su discurso escrito a mano y sus zapatos lustrados. Sin embargo, cuando anunciaron que el mejor director era, justamente, su peor enemigo, se comió su discurso en un arrebato de furia mientras pensaba agarrar a patadas al ganador. Desde el podio, la presentadora blandió su enorme sonrisa.

—Y el Oscar al mejor actor es para Alonzo Mbie, por *Guadalcanal*.

La ovación subsiguiente fue tan estruendosa que, por un momento, pensé que los cristales del auditorio saltarían en pedazos.

—Alonzo Mbie —rumió Blackwood—, que nombre tan estúpido se les ocurrió a los publicistas del estudio.

Auxiliado por dos edecanes, el chamán subió al escenario enfundado en un esmoquin. Usaba unos grandes audífonos que, junto con un iPod, le proveían la música que lo disuadía de morder a la presentadora. Mientras tanto, en la pantalla del fondo, se repetía la escena en la que, en medio de la carnicería, alzaba su fusil y lanzaba un grito al cielo.

—Pero verás, mi querido Kramer —Blackwood, ya con su buen humor habitual, me dio un codazo—, ya tengo el guión para nuestra siguiente película. Se ubicará en la Guerra Civil y será la historia de un soldado mudo y leproso. El protagónico será, por supuesto, para nuestro amigo Alonzo. Oscar seguro, Oscar seguro.

—Magnífico —le contesté.

Día de Muertos

José Luis Zárate

—¿Tenemos que llevar a la Toria?

No *tenían* y eso le preocupaba. Era ella la que se había levantado más temprano ese día, la que puso a la mano las cubetas, la que preparó las flores y los botes con pintura, la que limpió las brochas, la que comprobó que las cadenas nuevas estuvieran a la mano, la que llevó con cuidado las cosas al carro y las fue acomodando para que sólo fueran uno o dos de ellos los que no entraran en el vochito y tuvieran que irse en camión hasta el panteón.

Por lo general, Victoria se quedaba en la cama refunfuñando que lo menos que quería hacer en un día libre era trabajar, y menos si era para los malditos muertos. Momento para que Mamá dijera que no eran sólo muertos, sino *nuestros* muertos. Papá Ignacio, Conchita y los gemelos.

—Odio a los gemelos —diría ella y entonces la discusión iría escalando poco a poco hasta los gritos, los llantos, las puertas cerradas de golpe, y él tratando de aquietar las aguas. Lo peor es que también odiaba a los gemelos.

Nada le gustaba más que ella se quedara en casa ahorrándose el terrible hedor, los gemidos inarticulados y las manos podridas abriéndose y cerrándose detrás de rejas y adornitos.

Hoy no.

Hoy su hija estaba preparando ese desayuno seco, insípido y abundante típico del día de muertos. Algo que no fuera muy difícil de limpiar en caso de que el estómago no soportara más el olor o las circunstancias.

Mamá comía con gusto y preparaba esos paquetitos de cacahuates que trataría que todos comieran durante las largas horas por delante.

Todos preferían el alcohol, eso sí, poco, porque perder los reflejos justo en este día y en ese lugar era muy mala idea.

Cosa que pasaba muy seguido, por cierto.

Él habría prohibido las garrafitas, las cervezas, esa botella carísima y los diminutos vasitos de cristal transparente para convidar a los que pasaran a saludar un rato antes de regresar con los suyos.

Subió a su recámara por el frasco grande de Vick VapoRub, se untó el bigote con una gruesa capa del ungüento para irse acostumbrando al olor, a la sensación que le daba esa cosa de que el día estaba todo untado en menta.

Victoria gritó desde las escaleras:

—¿Ya?

Raro, raro. Esa impaciencia.

No le gustaban las cosas nuevas, las que rompían la rutina, se dijo mientras buscaba en los bolsillos las llaves del auto. Miró sus manos temblar. Bueno, tampoco le gustaban las costumbres.

Estoy jodido, masculló bajito, sin emoción alguna.

Sorprendentemente todos estaban ya en el vocho. Mamá ocupaba el lugar de honor: el asiento de copiloto donde se dedicaría a dar órdenes al conductor y regañar a la masa informe de cabezas, brazos y rodillas que trataban de sobrevivir en el asiento de atrás.

Las calles lucían vacías, lo cual no era síntoma de que pocos salieran en esa fecha en específico, sino de que todos estaban en los mismos lugares, apiñados como hormigas.

Los mercados de flores, las tlapalerías (Sólo por Día de Muertos, oferta en refuerzos, ganchos y cadenas: ¡lleve tres metros y pague dos!) y los panteones.

—¿Para qué te paras? No hay nadie —gruñó Mamá cuando él

se detuvo en una luz roja. Se quedó mirando la calle vacía y se dio cuenta de que no quería llegar.

Algo pasaba en Victoria, algo en su pequeña que ya no lo era y que tenía que ver con los muertos.

Malditos muertos.

Ahí, en la intersección, uno de los tantos nidos de metralletas comunales con municiones suficientes para derribar a una multitud. Las peleas de bandas eran mucho más violentas que antes y nunca faltaba un idiota que se pasara matando perros sin importarle los precios de las balas calibre .50. Estaban subsidiadas y todo, pero siempre era un costo.

Siempre hubo quien pidió que quitaran esas cosas (él, por ejemplo, a quien le daban miedo las armas), pero todos estaban de acuerdo en que era mejor tenerlas preparadas aunque los efectos secundarios fueran tan desagradables y variados.

En las escuelas enseñaban a los niños los pasos imprescindibles para quitar seguros, cargar municiones y afianzarse para que el disparo continuo de 3 000 balas por minuto no los derribara.

Él mismo sabía ya usar escopetas, ballestas, lanzas y hasta las muy populares katanas. La espada larga no era la mejor arma (nada como una escopeta), pero los jóvenes las adoraban. Estaban remplazando a las patinetas. Los grafitis eran sustituidos por árboles decapitados por jóvenes sin camiseta que hacían sofisticados movimientos con los filos.

A Victoria siempre le estaban regalando aceros y tenía diez o veinte arrumbados en su cuarto, justo debajo de los peluches.

Espera, se dijo. No han llegado más espadas a últimas fechas.

Por el espejo retrovisor miró a su bella hija que lo miraba a su vez.

"¿Qué pasa? ¿Qué sucede hoy? ¿Qué más me he perdido en estos días? ¿Qué otra cosa no he visto?"

El tráfico, por ejemplo. El enorme embotellamiento que crecía alrededor de los panteones.

Después de media hora de dar vueltas decidieron dejar el vw en una calle lejana bajo la sombra de un árbol. Era claro que la sombra se movería con el paso de las horas, pero también que se sentían mejor con una protección momentánea que con ninguna.

Cargaron todos las cubetas, las bolsas llenas de materiales y las flores que lucían arrugadas después del viaje.

Mamá abrió el paso con su bamboleo enorme. Él no pudo dejar de sentirse un patito detrás de ella.

Victoria trataba de platicar con Mamá. Incluso aceptó una bolsita de cacahuates, a pesar de que el olor llegaba hasta ahí. Él abrió su VapoRub, sintió que acabaría mentolándose los pulmones.

Lo más pesado de todo (lo que naturalmente le tocaba a él) era el garrafón de formaldehído. No entendía por qué lo llevaban si había una pipa justo a la entrada del panteón.

—Está rebajada —protestaba siempre Mamá—. No "pica".

Bueno, a él le gustaba que no hiciera llorar. El aire, con la carne descompuesta y el formol que apestaba a naranjas agrias, a cáscara podrida, ya era suficiente.

A gemelos.

"¿Qué haces aquí, m'ija? ¿No deberías estar en un lugar más sano, jugando con katanas?"

A él siempre le agradó que su hija no le hiciera caso a Mamá, que le gritara, que se quedara los Días de Muertos en casa.

Pinche Toria, mascullaba Mamá y cualquiera hubiera creído que se odiaban por la forma en que se hablaban. Sólo él sabía que, de todos, a quien más quería esa mujer era a la rebelde.

La entrada al panteón era un caos: vendedores, multitud, policías con armas, soldadores con sus tanques de gas con ruedas y su antorcha prendida ofreciendo sus servicios, gente pidiendo algo para sus muertos, y personas con bultos y paquetes dispuestos a pasarse todo un día reforzando tumbas.

Se escuchaba el zumbido de la multitud, voces, algún llanto de niño, rezos, conversaciones, órdenes y bajo todo ello, la voz de los muertos.

Gruñidos, balbuceos y ese respirar áspero y seco de quien no tiene una gota de líquido en el cuerpo.

El tintinear de las cadenas no era tan molesto como uno pensaría, porque había pocas. Muchos habían invertido en el grueso plexiglás y las tumbas estaban rodeadas de paredes transparentes contra las cuales se apretaban los muertos.

Habían pensado que podrían comprar alguna, pero Mamá zanjó la discusión con un despectivo:

—Parecen peceras.

Lo cierto es que los rayos del sol decoloraban el plástico, por lo que parecían estar envueltos en celofán amarillo.

Otros preferían las rejas, pero había desventajas: garras estirándose o las manos suplicantes que, si agarraban algo, lo despedazaban; lo que obligaba a comprar espacio extra para colocar las barreras y los letreritos de "No pase más allá de este punto".

No, no, no, lo tradicional eran las cadenas y las máscaras. Hermosas máscaras con conchitas, espejos, dibujos preciosos pintados a mano, mensajes y sonrisas.

En la morgue acostumbraban taladrar los cráneos y fijar los postes de metal en el hueso, para que cada máscara tuviera un asidero perfecto. Ninguna contaba con un orificio para la boca. Los muertos no tenían la inteligencia suficiente para arrancárselas, algunos ni siquiera la oportunidad de tratarlo, cargados de cadenas como estaban.

Sus muertos, por ejemplo.

Las cadenas eran de colores bonitos, algunas chapeadas en oro y plata. Habían invertido en petos, en una armadura comprada en piezas y a plazos en la que las ataduras eran un adorno más.

Sus muertos tenían los brazos sujetos al cuerpo, por lo que no daban esa penosa imagen de mendigantes, tenían las piernas sueltas y se limitaban a apretarse contra las paredes del cuartito que habían levantado en su honor.

Lo primero era abrir la mirilla para cerciorarse de que en el periodo entre visita y vista no se hubiera caído alguna pieza, de que las máscaras siguieran en su sitio, haciéndoles imposible morder. De ser así, entraban y los sujetaban entre todos para añadir una cadena, sustituir alguna pieza de la armadura rota o para cambiar la máscara ajada y rota por una reluciente, nueva y feliz.

Una vez comprobado que eran inofensivos, se dedicaban a darle mantenimiento al interior de la tumba: pintaban muros, resanaban cuarteaduras, ponían flores frescas en los floreros negros, mientras sus muertos daban tumbos entre ellos, balbuceando esa necesidad imperiosa de devorarlos.

Así eran y así lo entendían. A veces les daban golpecitos de cariño mientras seguían con el trabajo.

Victoria no.

Las pocas veces que iba, se quedaba afuera, con los audífonos puestos y la mirada furiosamente clavada en un libro, en su celular o en cualquier cosa que no fuera las tumbas y los muertos.

Los gemelos.

Los malditos gemelos.

Eran bultitos de formas geométricas. A los niños les gustaban los robots y los peluches, así que las armaduras infantiles tenían gran demanda, parecían juguetes, aunque los angelitos también eran muy populares.

Su esposa había escogido robots, no porque le encantaran, sino porque era lo menos parecido a sus hijos, a sus recuerdos.

Compró cada pieza y luego se fue sin dar razón alguna. No era necesario. Todos la sabían.

Ella quería que los niños muertos durante las batallas fueran cremados. Dispersar sus cenizas y empezar la infinita tarea de olvidarlos.

Él no quiso, porque sabía que la ceniza se retorcía en los contenedores, buscando inútilmente volver a formar un cuerpo.

No podían matar lo muerto, y la ceniza era tan cadáver como esas siluetas de colores brillantes que se movían en ese cuartito que hacía las veces de tumba y de mausoleo.

Ella se fue para dejar atrás a los niños que amaron y a él, que no pudo impedir que los muertos abrieran sus gargantas.

Por eso las armaduras de robot. Porque eso completaba las siluetas, ocultaba los brazos arrancados, los cuellos abiertos, el pedazo de cráneo faltante.

Las máscaras de los gemelos eran bonitas y, entre más bonitas, más consciente era de lo que estaba abajo.

Victoria los abrazó un instante.

"¿Qué hay abajo de ti, linda?"

Para él los gemelos eran una herida andante, eran la mujer que se había ido, lo que perdieron en medio de esa noche en que todo se había roto cuando los muertos habían empezado a andar.

Pero también eran sus gemelos. Y estaban ahí. Y él también los abrazaba cuando llegaba al panteón y cambiaba las pilas de los trajecitos para que hicieran sonidos graciosos y las luces los acompañaran cuando ellos se fueran y cerraran las puertas, dejándolos en la oscuridad.

Eran Juan y Roberto, y él lloró un poco mientras pintaba con cal blanca la tumba. Mamá pulía la armadura de Papá Ignacio, mientras su hermano y familia lavaban con escobetas y jabón las piernas de Conchita que seguían desgajándose. El formaldehído ya no era suficiente.

Lo sabían. Seguían pagando en plazos las partes que faltaban, las piernas y zapatos que cubrirían los huesos que, sin músculos, estarían inmóviles pero vivos.

Animados, se dijo. Vivos no. No hay muertos vivos, sólo animados.

Muertos y nosotros.

Muertos que nos pertenecen.

Muertos que amamos.

Siguió llorando y a través de las lágrimas vio a Victoria quitar la máscara de Papá Ignacio. En la muñeca de su hija brillaba una medallita de la Nueva Muerte.

"No, no, no."

Santa no. La Santa Muerte desapareció el mismo día en que los muertos se levantaron porque lo santo no es lo común, lo que está ahí, justo al alcance de la mano.

Nueva Muerte y nuevos preceptos. Porque la Muerte ha muerto, dicen, y la inmortalidad es de todos. Basta con que te muerdan, con que te infecten para morir sin morir.

Entonces muchas piezas cayeron en su sitio. Victoria dejando de comprarse esos adornos que tanto le gustaban; Toria que no se reunía con sus amigos de siempre; su hija mirando la ventana sin decir nada, durante horas; el noviecito que ya no se aparecía tan seguido; ella preparando todo para estar justo aquí en este Día de Muertos.

¿Cuántos conocidos se habían matado a sí mismos desde la noche de los muertos vivientes? (no, animados, animados…).

Debí haberlo visto, se decían los familiares: cambio de hábitos, humor diferente al usual, acciones desacostumbradas…

Victoria quitando la máscara al muerto, dejando libre la boca negra, los dientes dispuestos, el hambre infecciosa…

"No, no, no."

Se puso de pie y empezó a correr como en la pesadilla (las pesadillas son reales, como lo descubrió con la muerte de los gemelos).

Ella alargó la mano, tocó esa mejilla agria, seca, amarilla por el formaldehído. El muerto se movió relampagueante para morder. Victoria apartó la mano sin esfuerzo alguno. Colocó la máscara nueva sin prisa.

—Abuelito —dijo apretando al muerto y siguió barriendo como si nada hubiera pasado, como si su padre no se hubiera quedado inmensamente blanco con una brocha en la mano.

—¿Le sueldo sus rejas? —ofreció alguien desde la puerta— ¿Les afianzo las cadenas?

—¿Cuánto? —dijo él por decir algo, para que el mundo continuara girando como lo hace siempre.

Una cifra.

Él dijo no. Por una vez le hicieron caso.

Mamá pidió silencio. Tomó a Papá Ignacio y lo sentó a la fuerza, puso a los gemelos junto a él, dejó que Conchita deambulara por ahí. Empezó a rezar. Iba a durar un buen rato. Victoria los vio a todos. Más a su padre. Una lágrima pequeña, involuntaria, rodó.

Salió lentamente de ahí.

—Te estás despidiendo, ¿verdad? —dijo él cuando la alcanzó afuera.

—Pancho quiere irse al otro lado.

Él tardó un par de segundos en recordar el nombre del novio.

—Allá les dispararon primero a los muertos y luego a los vivos, y para cuando se les acabaron las municiones, descubrieron que les faltaba gente para todo. Quiere que me vaya con él.

—¿Y tú quieres?

Silencio. Después asintió como si confesara algo.

—Sí.

La abrazó.

—Te voy a extrañar, Toria.

Ella lloró un poquito abrazando a su papá. Lo sintió firme, inamovible, vivo.

—Allá matan a los muertos. Los queman y dispersan, papá. Allá no creen en la Nueva Muerte y yo quiero no creer, pa. No quiero Días de Muertos. No quiero venirte a ver acá algún día.

Ella lloró con fuerza, lloró lo que no había podido llorar nunca.

—No quiero que te mueras —dijo.

Lo único que ningún padre puede asegurar. La única promesa que no se puede hacer sinceramente.

La abrazó y por un instante quiso decirle que la acompañaría.

No más gemelos. No más Papá Ignacio. No más Conchita. No más —pronto, muy pronto— Mamá.

Se estremeció, sorprendido del dolor que sintió en ese momento.

No más atenciones a los suyos, no más caricias a los recuerdos. No más máscaras y adornos.

¿Podría alejarse de ello? ¿Decirles adiós a los suyos?

Estaban muertos y eso que se movía tumba adentro no eran más que sus cuerpos.

Pero a veces es todo lo que tenemos, ¿no?

Recordó la caricia que su niña le hizo al muerto abuelo y la comprendió.

No hay Nueva Muerte, cariño. Por eso este día, por eso estas cosas, estos ritos, estos tiempos.

Porque, a veces, no podemos más que aferrarnos a los que no están, creer —con un gesto vano, inútil, tonto— que la muerte no es el fin y que se puede tocar (un roce, una caricia) lo que ha sido apartado definitivamente de nosotros.

Con un gesto breve, padre e hija se tocaron uno al otro la mejilla, se despidieron definitivamente y se guardaron ese tacto mínimo porque la muerte (nueva o no) no nos lo puede arrebatar todo.

LOS PRIMEROS ATARDECERES
DEL INCENDIO

César Silva Márquez

The first outbreak I saw was in a remote village [...]
The residents called it "New Dachang", but this was more out
of nostalgia than anything else. Their former home, "Old
Dachang", had stood since the period of the Three Kingdoms.

MAX BROOKS, *World War Z*

¿Qué has hecho Julie? ¿Cómo has podido hacerlo? [...]
La respuesta de Julie es simple: Tenía hambre.

ROBERTO BOLAÑO, "El hijo del Coronel"

La fotografía fue tomada alrededor de las once horas. En ella, en primer plano y a la izquierda, Morena tiene los dientes hincados en el brazo de Saldaña. Su expresión es tibia, es la expresión de alguien que presencia un accidente automovilístico en la distancia. El brazo de Saldaña se ha convertido en un retazo de carne. Un pedazo de algo que está perdiendo calor, algo que antes funcionaba para sujetar, saludar o bañarse. Los ojos de Morena están vacíos, cierta automaticidad en ellos nos dice que es una máquina de comer. En la mirada de Saldaña hay sorpresa y su boca abierta lo confirma. De alguien más es el brazo que están mordiendo, de alguien más la piel que cede bajo el filo del hambre. En segundo plano se encuentra un aparador del mercado Juárez, ese mismo mercado que ha sido incendiado trece veces y que no ha muerto, como si se tratara de un zombi. En ese aparador está mi reflejo, porque soy yo quien ha tomado la fotografía y estaré ahí sosteniendo la cámara por los siglos de los siglos.

Las fuentes dicen que la infección vino de China, de un pueblo diminuto llamado Dachang, cerca de la costa. Allá sucedió el primer contagio que llegó a Estados Unidos en avión y, al final, cruzó la frontera. Así dicen las fuentes, así lo pude constatar con la agencia de noticias EFE unas horas después de haber perdido a Morena y Saldaña.

En Ciudad Juárez, los primeros cuerpos que se encontraron regados por la ciudad, descabezados, sin brazos, sin entrañas o sin piernas, se le atribuyeron a una guerra entre los distintos cárteles de drogas que buscaban el control de la plaza. Tal vez así haya sido al inicio, pero conforme pasaron los meses, esa versión tuvo que ser reescrita. ¿Qué humano puede ser capaz de hacer tales destrozos a un cuerpo? ¿Quién?

Mi nombre es Luis Kuriaki. Soy periodista. Hasta hace unas semanas trabajaba en el *Diario de Juárez*. Crecí en uno de los viejos barrios de la ciudad donde sucedieron los primeros contagios. Parece que fue ayer cuando solía lanzarle piedras a los gatos que paseaban por el muro alto que dividía mi casa de la de Patricia. Patricia era mi vecina, tres años mayor que yo, y la espiaba cuando se cambiaba de ropa después de llegar de la escuela. Ella fue quien me llevó al cine a ver *Indiana Jones y el templo de la perdición*, y nunca olvidaré la escena donde a Indy lo obligan a tomar sangre para convertirlo en zombi.

Zombi. Ésa es la palabra mágica.

En una película que vi hace poco, uno de los personajes, una muchacha que no tendría más de veinte años, es mordida por un zombi que ha estado bajo observación en una base militar de Nuevo México. Entonces ella se transforma en un muerto viviente, lo que significa que tras vomitar un líquido negro y morir, su corazón vuelve a palpitar y ella expresa, con elocuencia, tener demasiada hambre. Un hambre sin límites, dice otro de los personajes. En la película le preguntan qué se siente morir. Ella mira el atardecer y dice que es como recordar cosas que han pasado hace mucho tiempo. Recuerdo a mi madre que murió cuando nací, dice y se sujeta el estómago para dar a entender que tiene mucha hambre, y mira fijamente a la cámara, lo que significa que está clavando la mirada en el personaje principal, un joven largo y flaco de cabello castaño, hijo de un oficial que trabaja en la base militar.

Las autoridades no se han puesto de acuerdo en cuanto a la cantidad de cadáveres adjudicables a los sicarios narcos en Ciudad Juárez contra las ocasionadas por el virus proveniente de China.

Hace tres semanas, el nueve de mayo para ser exactos, me llamaron del *Diario* para cubrir un asesinato en el fraccionamiento La Fuente. Recuerdo bien la fecha porque ese día mi prometida, Cecilia, y Patricia, mi vecina de infancia, cumplían años. Le pedí al fotógrafo Adrián Morena que me acompañara a la escena del crimen.

Eran las siete de la noche. El cuerpo pertenecía a un joven en sus veintes que se dedicaba a la distribución de anfetaminas. Ahora que veo la ciudad en llamas desde este pequeño búnker en Samalayuca, invoco los días que yo mismo *esnifaba* coca. Dos veces estuve a punto de morir. Después de lo que está sucediendo a mi alrededor, me pregunto si no seré uno de esos cuasi humanos a los que también se les detuvo el corazón para luego comenzar a bombear con furia una sangre infectada. En estricto orden también soy un muerto viviente. Estuve declarado muerto médicamente tres minutos la primera vez que tuve una sobredosis, y dos con quince segundos, la segunda.

Desde aquí, con un agua mineral en la mano, veo el sol tostar la piel de un zombi errando por el desierto. En cuanto lo distingo, escucho un trueno y lo veo caer. Hasta entonces me percato de que García Ponce está a pocos metros de mí, con un rifle de largo alcance descansando en su hombro. "Listo", es lo único que escucho salir de su boca al darme la espalda y avanzar hasta la otra orilla del búnker.

García Ponce fue quien me rescató de la emboscada que sufrimos Morena y yo frente al mercado Juárez.

Y aquí es donde todo se vuelve complicado, como si estuviera viendo esa película donde la mujer enferma explica a su novio qué se siente estar infectado de algo tan desconocido e irracional.

Después de fotografiar al joven asesinado, Morena me miró a los ojos y dijo algo como pinches putos. ¿Quiénes?, le pregunté, pero Morena no contestó, sólo oprimió el obturador de su cámara un par de veces, como si tomar fotografías fuera su forma de comunicarse. Morena medía casi dos metros de alto. Era de hombros anchos y había aprendido a manejar la cámara fotográfica en la universidad. Sus palabras preferidas eran *pinche* y *mamar*. No mames, pinche Luis, me decía cuando lo asignaban a la nota roja y tenía que ir conmigo o con Raúl Velázquez a las escenas de los crímenes, luego a Raúl lo encontramos embutido en un tambo de cemento con el cuello rebanado.

—Pinche mamón, ese puto sí estaba pasado de verga —comentó Morena ya de regreso en la oficina, refiriéndose al joven muerto.

—¿Te parece? —le pregunté.

—Ta cabrón, pinches putos —exclamó y se dejó caer en la silla frente al jefe de redacción.

—Al parecer no podrán quejarse por falta de trabajo —nos dijo el jefe, y nos tendió una servilleta doblada por la mitad—, me acaban de hablar de Infonavit Aeropuerto, hay tres muertos más.

—Chingado, no mames —dijo Morena y yo miré el reloj, eran casi las diez de la noche.

Entonces nos subimos a mi auto y tomamos la Panamericana hasta llegar a Infonavit Aeropuerto. Los cuerpos habían sido descubiertos por unos menores que se metieron a jugar al campo de futbol de la primaria Óscar Flores. Un par de niños asustados a quienes sus padres impidieron que hablaran con alguien.

El velador de la escuela, un hombre acercándose a los cincuenta años, nos dejó pasar.

—Es allá —dijo al mismo tiempo que señalaba la oscuridad al fondo.

—No mames —murmuró Morena.

—¿Tienes miedo? —le pregunté.

—No seas mamón —arguyó de inmediato y sin decir más emprendió el camino.

La noche estaba cerrada. No había luna que al menos diera un poco de luz. Los arbotantes parpadeaban, y cuando alguno alcanzaba a encenderse, iluminaba fría y débilmente. Podía distinguir los acordes fantasmagóricos y lejanos de una canción de Leonardo Fabio, revuelta con la prisa de los autos y los esporádicos rugidos de sus escapes. En ese momento no lo pensé, pero ahora me imagino que la película de zombis que vi pudiera haber empezado igual, pero en lugar de Leonardo Fabio, hubiera sonado alguna canción country, o un rock setentero.

—¿Estás bien? —le grité a Morena que iba unos cien metros más adelante.

—Ésta es una pinche mamada, Luis —me contestó, pero no desaceleró el paso.

Franqueamos los primeros salones, luego hubo un pequeño escampado donde se localizaba la cancha de basquetbol, y así llegamos a la segunda hilera de salones; al fondo, a unos doscientos metros de nosotros, estaba el galerón que servía de talleres de mecánica y electricidad. Al pie de la puerta pude notar las siluetas de los cuerpos que los niños habían descubierto.

Al llegar, Morena comenzó a tomar fotografías. Cada flashazo iluminaba cosas que conocíamos muy bien: cuerpos sin entrañas, ojos hundidos y sin brillo, bocas secas y torcidas. La lluvia de flashes se detuvo y nos quedamos mirando la ciudad con los brazos en jarras, escuchando los ruidos de los camiones y las risas muy lejanas de chicas. La música ya no era de Leonardo Fabio, sino una cumbia, y al retener la respiración adiviné que era de la Sonora Margarita.

—Esto está bien pinche raro —me dijo Morena y con un pie señaló uno de los cuerpos.

Me acerqué y entendí a lo que se refería. No había sangre en las heridas, estaban limpias y secas, sólo en los jirones de ropa se apreciaba la sangre que en algunos puntos parecía estar fresca.

Vi mi reloj y pensé en Cecilia, le comenté a Morena que me adelantaría a la puerta principal porque la policía estaba por llegar.

Al pasar la cancha de basquetbol escuché un grito a mis espaldas, luego un quejido proveniente de Morena. Me detuve. Traté de que mis ojos se ajustaran a la poca luz que había, se escuchó un nuevo grito, seguido de un par de gruñidos. Entonces corrí hacia mi compañero que estaba hincado sobre la tierra.

—¿Qué sucedió? —le pregunté.

—Esos putos —me dijo Morena y señaló con una mano a donde deberían haber estado los tres cuerpos.

—¿Cómo que esos putos? —le pregunté de nuevo.

—Puta madre, pinche Luis, ¿qué no ves? —me dijo y seguí con la mirada a donde señalaba. Los cuerpos habían desaparecido.

—Se pinche levantaron y se pinche fueron —me dijo.

—¿Cómo que se fueron?

—Así como lo oyes, pinche Luis.

—¿Sin vísceras, se levantaron y se fueron?

—Simón —me dijo.

Y fue cuando vi que su brazo sangraba un poco.

—¿Qué te pasó? —le dije.

—Uno de esos putos me mordió —me dijo y escuchamos que algo se movía y gruñía detrás del bodegón.

No nos esperamos a ver lo que podía suceder y corrimos hasta la puerta principal.

De aquí en adelante las cosas han sucedido muy rápido.

Esa noche, después de discutir con Morena sobre ir o no al hospital para que le revisaran la herida en el brazo y dejarlo a regañadientes en su casa, fui a ver a Cecilia. Cené en su departamento un sándwich de jamón de pavo ahumado, me tomé una cerveza Guinness y le dije que me iría a dormir, pero no le conté de los cuerpos destrozados y desaparecidos frente a nosotros. Ella me pidió que no me fuera, que tenía un mal presentimiento.

—Todo el día estuve pensando en accidentes —me dijo—, imaginé que a tu auto se le tronaba una llanta y te volcabas. Luego pensé que te levantaba un sicario mientras cubrías una nota —hizo una pausa y agregó—: quién sabe de dónde vinieron esos pensamientos.

Yo no dije nada, tan sólo me dediqué a beberme la cerveza y mirar la noche por la ventana de la cocina. Me despedí sin saber que sería la última vez que la vería. Porque tras el primer ataque de los infectados, le llamé por teléfono y le pedí que empacara una maleta con lo necesario y se fuera a El Paso. Desde entonces, he tratado de comunicarme por celular con ella sin suerte. Hay veces que pienso que hubiera sido mejor haberla traído conmigo a Samalayuca. Ella fue de las últimas personas que pudieron cruzar la frontera antes de que quedara clausurada.

Cinco horas después de la mordida que había sufrido Morena, mi celular sonó. Era él. Me pidió que fuera a su casa de inmediato. Tienes que venir a ver esto, pinche Luis, me dijo y colgó. Eso fue suficiente para que me levantara y en menos de diez minutos estuviera con él.

—Mira —me dijo y extendió el brazo.

La mordida estaba limpia, no parecía infectada, no había inflamación de ningún tipo.

—¿Qué quieres hacer? —le pregunté y él me alargó la cámara.

—Tómame una foto —me dijo.

Estaba sentado a la barra de su casa, donde desayunaba todos los días. Había algunos paquetes de carne vacíos regados en la cocina, pero ningún sartén usado. Morena estaba un poco pálido.

—Toda la noche tuve fiebre —me dijo.

—¿Qué sientes ahora? —le pregunté.

—Hambre —me contestó, y después de meditarlo un minuto

agregó que pensaba en un niño—. Él fue el primero —dijo, y me contó que había soñado con ese niño sumergido en las aguas de una presa cuando algo lo mordió y quedó infectado.

—¿A qué niño te refieres? ¿Qué presa?—le pregunté, y entonces, sin querer, tomé la foto que me pedía.

—Sólo sé que tenemos que encontrar a Saldaña.

Saldaña era uno de nuestros informantes y vivía cerca del mercado Juárez.

—¿Por qué? —pregunté.

—No sé, es un presentimiento —contestó y se pasó la mano por el rostro.

Rumbo al centro, le volví a preguntar por Saldaña.

—Él nos explicará —respondió y miró por la ventanilla del auto—. Estamos todos conectados, Luis, él y yo somos parte del mismo enjambre.

Entonces le volví a preguntar qué sentía y me murmuró que las puntas de sus dedos tenían hambre.

—¿Qué recuerdas de la mordida? —le pregunté.

Apretó los labios y no dijo más.

Las calles a nuestro paso eran las de siempre, la misma gente que esperaba el camión de todos los días. Las personas que conducían sus autos y hablaban por celular igual que el día anterior.

Saldaña fue fácil de encontrar. Miraba el cielo desde una de las esquinas del mercado Juárez. Cuando avanzábamos hacia él, Morena me volvió a poner la cámara en las manos. Me dijo que la sostuviera.

—Qué pasó, Saldaña —le dijo Morena, y los dos se miraron y en esa mirada hubo más que un reconocimiento, era como si estuvieran sosteniendo una conversación.

—Ayer también soñé con ese niño —le reveló Saldaña de pronto.

Yo no sabía qué hacer. Morena dio un paso al frente y Saldaña dio un paso hacia atrás y repitió aquello del enjambre.

Por primera vez me dio miedo lo que presenciaba. Algo no iba bien. El ambiente se enrareció. Las calles me parecieron vacías. Por instinto miré hacia la derecha y un tropel de mujeres venía a nuestro encuentro. Fueron segundos los que pasaron, como vagones de un tren a toda velocidad, fue en un momento que Saldaña quiso morder mi brazo, un momento en que yo salté hacia atrás, y vi que su brazo derecho estaba lleno de mordidas, limpias y sin ninguna señal de inflamación, fue tan sólo un momento en que Morena lo sujetó para hincar su hambre en él, y yo tomé la foto que he cargado en mi cartera desde entonces.

Las mujeres que se iban acercando eran una pesadilla, algunas tenía la ropa destrozada, otras iban desnudas, unas más corrían hacia mí sin brazos o con tan sólo uno, haciendo aspavientos. Mujeres de todas las edades, niñas y ancianas y adolescentes, niñas desnudas o con uniformes llenos de tierra.

Y ya cuando me veía parte de esa afluencia mortal, apareció García Ponce en un Nissan negro al que subí de inmediato. Atrás quedó mi amigo, rodeado por algo que no concebía.

Luego la frontera fue cerrada.

Ciudad Juárez comenzó a incendiarse hace cuatro días. Las llamas a más de cien kilómetros de distancia nos despertaron. Nadie de los que vivimos en el búnker sabe cómo sucedió. Hay teorías que mencionan a locos o fanáticos que suponen el fin del mundo. Tal vez todo acabe como en la película, donde al final la mujer zombi camina hacia una hoguera que ella misma provocó para terminar calcinada. Entre los que sobrevivimos aquí, está la mujer de un paciente contagiado por un trasplante de corazón que al parecer venía de China. También conozco a Manuel, un doctor en letras, Susana, una enfermera, y Héctor, un detective privado. Y cada vez somos más. Justamente el día que comenzó el gran incendio, en una de las habitaciones del fondo, encontré a una jovencita de quince años llamada Laura. Su rostro me pareció familiar y mi sospecha fue confirmada en cuanto me mostró la fotografía, era la hija de mi amiga Patricia. Tuve que tomar asiento. Con serenidad le dije que yo había conocido a su madre y que la última vez que la vi, había sido en una fiesta cerca de la Facultad de Humanidades. La niña se encogió de hombros y se retiró al comedor.

Después de aquella fiesta, Patricia ya no quiso verme más. Luego me enteré del embarazo y de su casorio apresurado. Se rumoraba que el bebé no era del marido. Traté de comunicarme con ella en muchas ocasiones, sin suerte, y al final le perdí la pista.

De vez en cuando los zombis llegan hasta acá, pero García Ponce es muy eficiente con el rifle. Un día le pregunté si sabía quién era Juan García Ponce. Claro que sé quién es, me dijo, soy yo, completó sonriendo y sujetando el arma por el cañón. Procuro a Laura, durante el atardecer trepamos al techo del búnker y hablamos de su familia y de Cecilia, y le cuento que su madre y yo íbamos al cine cuando éramos adolescentes. Éramos muy unidos, le digo, y guardamos silencio para contemplar el fuego en la distancia. Laura tiene los ojos de su abuela.

Hace una hora marqué al celular de Cecilia sin tener respuesta, tal vez esté en un búnker bajo tierra, donde la señal de los celulares es débil. No sé, tal vez.

Sobrevivir…

Cecilia Eudave

¿Ahora para dónde? Ni aquí ni allá, ni del otro lado de esas enormes montañas —que me han costado más de un hueso, más de un pedazo de carne—, hay humanos. Se acabaron. Y como una jugada mal planeada en esta batalla por la sobrevivencia, tampoco quedan zombis, soy el último de mi especie, por lo menos así lo presiento. Me hubiera gustado descubrir un poco más nuestra nueva naturaleza, saber hasta dónde somos capaces de llegar, qué nos esperaba en el sentido más puro de la evolución. Ya no lo sabré, ya no… Llevo un par de semanas sin devorar ni siquiera una rata, terminamos con ellas como con las vacas, con los cerdos, con los gatos y los perros, con todo. Ya no hay animales sobre la Tierra. daños colaterales, supongo. Somos una variante de los humanos, tarde o temprano íbamos a terminar con cualquier cosa viva.

Queda el mar. Algunos se adentraron en busca de comida, pero fueron arrastrados a sus entrañas y luego devueltos como carroña para que el sol acabara dorando sus huesos, erosionándolos hasta convertirlos en fina luz para la arena. Yo también estuve a punto de sucumbir en esa penosa travesía, pero el destino me otorgó una salida insólita: di con un grupo de zombis que vivía dentro de una enorme ballena, se alimentaban de ella. Así, de noche comíamos infatigables y por las mañanas, junto a las tardes, sólo escuchábamos el repicar del océano mientras, mudos, mirábamos sin mirar un luminoso horizonte.

Lo más penoso ahora es caminar por las ciudades despejadas de vida y de sonidos, acaso por ahí el viento o el golpeteo de algún objeto contra otro emite ecos de la civilización. Ah, cuánto extraño aquellos primeros días de caos extremo, cuando nacimos y fuimos echados al mundo sin noción de lo que éramos. Íbamos por ahí en grupos, pendejeando, haciendo fiesta gutural, chocando unos contra otros, queriendo ser los primeros en devorar algún cerebro fresco, alguna mano ansiosa por defenderse, alguna pierna que al caer no lograba ya levantarse, siendo presa de nuestros duros y ambiciosos dientes. Tiempos de un carnaval funesto, donde la fiesta no acababa, donde no importaba ya el trabajo ni la posición social. Un zombi es el principio posible de la igualdad: sin parámetros de belleza, sin pretensiones, sin ambiciones, sin el sentido de pertenencia o de individualidad. Colectividad atroz que en la sana competencia sólo busca comida y su sobrevivencia. Por cierto, nunca llegué a ver a un congénere matando a otro.

Sobra decir que tampoco vi a ninguno ser presa de la moda ni me tocó oír quejas existenciales, ni soportar desventuras amorosas. Por alguna razón —extraña, supongo— no había esa compulsión desaforada de apareo constante, tal vez porque la reproducción estaba en otra parte: en el contagio. En hacer del otro un ser semejante que compartiera nuestro mismo instinto, nuestro mismo deseo de… ¿socialistas de la vida? No lo creo, no logro distinguir en ello ninguna dialéctica, o a lo mejor sí: tesis = humanos, antítesis = humanos, síntesis = zombis.

Si tan siquiera tuviera un compañero para tontear un rato, golpearnos contra el vidrio de una tienda hasta derribarlo con la certeza de que no encontraremos nada que nos satisfaga. Ah, los placeres sencillos de la vida.

Estoy cansado, pero algo en mí me obliga a seguir caminando. A veces caigo y me es difícil levantarme. El sol pega de lleno en mi carcomido cuerpo que ya no posee más protección, salvo algunos andrajos, restos de las primeras ropas. Por fortuna logro arrastrarme hasta donde no me pegue tanto el calor. Ahora hace fresco y está por caer la noche, es cuando más melancólico me siento, cuando más recuerdo los grupos incansables avanzando entre la oscuridad, la proximidad del jadeo del zombi amigo, la voracidad de los que encabezaban las peregrinaciones en busca de comida. Los gritos, la sangre, el olor a confusión por doquier. Los ojos humanos y zombis desorbitados por igual ante la proximidad de la muerte. Sí, sobrevivir. Sobrevivir a cualquier precio. Sobrevivir aun a costa de nuestra misma especie. Sobrevivir porque eso está en todas las naturalezas. Así, bajo este principio, no me resta más que comenzar a devorarme.

Los salvajes

Alberto Chimal

Los hijos y nietos de los capos del narcotráfico se van apartando de las ocupaciones e intereses de sus mayores. El nieto menor de los catorce que tuvo Carlos Requena "La Piraña", legendario jefe del Cártel de Tejupilco, se apartó tanto que decidió dedicar su vida a la literatura. Se llamaba Juan Luis Carlosrequena Mejía (era la época en que esos abolengos empezaban a reconocerse) y le decían "La Pirañititita" o, más brevemente, "La Pipi".

—Pero desde hoy —amenazó al mundo, una noche, en una cantina de mala muerte en el barrio de Interlomas— me van a decir *El detective salvaje* —y sus guardaespaldas asintieron, como asentían a todo.

Por lo demás estaban cansados. Después de robar todo el uranio enriquecido del Instituto Nacional de Investigaciones Nucleares; de lograr que el Cártel les prestara un avión para llevar el uranio al laboratorio clandestino en Barbados; de pagar el proceso de síntesis, carísimo y además condenado por el papa, la onu, la ue, los eu, los eau, Corea del Norte (que lo había inventado) y hasta Shakira y Bono; de llevar a España el extracto vitalizante por submarino e ir hasta la tumba precisa a hacer lo que había que hacer, después de todo eso, digo, ¿qué les iba a importar lo que dijera el chavito baboso por el que tenían que dar la vida?

Más aún, el resto de su viaje había sido mucho más arduo. Ya con la Celebridad (así lo llamaban) en su poder, fueron persegui-

dos por la policía española, convencida de que no podían haber ido
tan lejos para algo más que vender drogas, y no tuvieron tiempo
de nada más que abordar un vuelo comercial: el 9397 de Iberia.
Y, claro, gran crisis sobre el Atlántico; la Celebridad salió de su
caja, varios pasajeros y un piloto murieron muertes horribles, el
casco del avión fue perforado por dos escopetazos y una ráfaga de
ametralladora... y el 747 consiguió aterrizar, aunque a duras penas
y para terminar chocando contra la Terminal 1 del Aeropuerto
Benito Juárez. La nariz del avión perforó una sala de espera reple-
ta de personas. Los guardaespaldas de "La Pipi", que pese a todo
escoltaban a la Celebridad, y que habían impedido casi de milagro
que alguien lo asesinara durante las 12 horas anteriores, tuvieron
que abrirse paso a balazos y pisando trozos de cadáveres hasta llegar a la calle, pues a los pasajeros supervivientes, y deseosos de
venganza, se sumaron los ataques del personal de seguridad del
aeropuerto. Todos habían visto las películas, todos sabían lo que
podía suceder, y todos hicieron su mejor esfuerzo. Todos, por otra
parte, fueron vencidos por los hombres de "La Pipi", quienes por
fin subieron a la Celebridad a una Hummer blindada y se lanza-
ron, rodeados por sus Hummers escoltas, hacia Interlomas.

Y ahora, aquí, en este bar —que remedaba los peores lugares
de Ciudad Juárez o Tijuana, sólo que con mucho presupuesto y
para otro público—, "La Pipi" daba la impresión de estar un poco
ebrio.

—Y la impresión era falsa porque estaba *muy* ebrio —recono-
cería él mismo, años después, en entrevista con los primeros his-
toriadores encargados de sondear la tragedia—. Era lo habitual,
claro. Leyendo a Bolaño y a Bukowski me convencí de que lo esen-
cial para escribir es vivir intensamente, y como ya vivía intensamente pensé que me bastaba con seguir así. Y así seguí. De hecho,
la razón por la que organicé todo aquello del uranio y el extracto
y el viaje a España no fue la que le di a mi abuelo. A él, que como
ustedes saben era un cabrón y el hombre más poderoso de México,
le dije que era únicamente para mi tesis: se iba a llamar *El secreto*

del texto: 2666 desde el punto de vista del autor, y desde luego iba a ser un madrazo, porque nadie más iba a tener los testimonios póstumos que yo iba a sacar. Por lo menos iba a tener mención de honor y una medalla. Luego yo iba a hacer el doctorado en alguna universidad importante del extranjero y me iba a graduar con honores con la segunda parte de la tesis: nuevas revelaciones directamente de la fuente. Luego iba a tener una gran carrera como académico en Estados Unidos y Europa o iba a volver a México para ser, como mínimo, Secretario de Educación. Todo eso le dije a mi abuelo. Ni siquiera iba a hacer tanta falta que él moviera sus influencias. Iba a ser alguien aunque fuera en la cosa inútil —él decía "la pendejada"— que me había dado la gana estudiar. Creo que es muy irónico que mientras el país entero quería ser como él y tener mucho dinero sin haber ido jamás a la escuela, él deseaba que sus nietos se educaran...

—Disculpe, ¿podría centrarse en lo que pasó aquella noche?

—Claro, no le gustaba que no hubiese escogido algo como administración o ciencias políticas para trabajar en las empresas familiares, pero si le daba todo eso además del título iba a estar tranquilo. Como fui su último nieto tenía a todos los demás para usarlos primero que a mí. Creo que lo único que no me hubiera podido perdonar habría sido que estudiara danza. O ciencias. Era un señor muy religioso y siempre decía que la ciencia y los condones eran cosa del diablo...

—Disculpe, ¿podemos volver a la cuestión de por qué hizo usted todo aquello?

Entonces "La Pipi", ya sobrio, consciente de su papel en la Historia y de todo lo demás (¡las pilas de cadáveres, las ciudades en llamas, el sufrimiento inconmensurable!), suspiraría profundamente. Y diría:

—La verdad es que todo lo que quería era emborracharme con él. Quería ser su mejor amigo. Quería que volviera a fundar su movimiento subterráneo para hacer poesía y fastidiar a los autorcetes solemnes, y reventar las presentaciones de los poetas.

Quería vivir la vida como la vivió él. No nada más dinero, alcohol, mujeres y drogas, sino también intensidad. Poesía. De hecho hubiera preferido más vivir la vida como la vivió Bukowski (como seguro la debe haber vivido), pero según me dijeron los expertos que me mandó el abuelo, y que luego le regresé para que los ejecutaran y el secreto no se extendiera, según me dijeron ellos, el extracto ya no iba a funcionar con un cadáver tan viejo como el de Bukowski.

Así diría, mucho tiempo después, "La Pipi".

Ahora, sin embargo, en el bar; flanqueado por sus dos guardaespaldas en jefe, el joven heredero de "La Piraña" estaba ebrio, sí, pero también transfigurado. La Celebridad estaba ante él. Amarrado a un diablito de los que usaban los maleteros del aeropuerto, no parecía muy distinto de los zombis de los videojuegos o de la televisión: aunque el extracto realmente hacía maravillas, le faltaba un ojo, por ejemplo, y la cuarta parte del cráneo, y varios trozos del torso, por los que se entreveían el corazón, el bazo y el páncreas, todos de un verde casi negro. Vestía un pantalón de pana, desgarrado y sucio, y nada más.

Pero era él.

—Es él. Es él. *¡Es ÉL!* —dijo, cada vez con más fuerza, como villano de película del siglo xx—. Bueno, ¿qué esperan? Desátenlo.

Nadie obedeció de inmediato.

—Oiga, señor Juan Luis, realmente estuvo bien cabrón el vuelo —dijo un guardaespaldas.

—Sí es muy salvaje el güey éste —dijo otro.

—Yo de niño pensaba: "Chespirito ha de ser el hombre más bueno del mundo", ¡pero no! —dijo un tercero.

Y "La Pipi" se puso furioso.

—Chespirito —dijo, levantándose de su sillón— se llama Roberto Gómez Bolaños. Chespirito es un cómico de la televisión. ¡Yo lo conozco desde que tengo tres años! ¡Y ése que tienen ahí se llama de otro modo! ¿Por qué toda la gente ignorante confunde a Bolaño con Gómez Bolaños?

Ya para entonces algunas personas muertas por la Celebridad se habían levantado de nuevo, contagiadas por el extracto vitalizante en su saliva, y avanzaban por la Ciudad de México en el comienzo de la epidemia prometida por tantas franquicias del entretenimiento, y que en la realidad sería mucho peor (¡la caída de las naciones, la humanidad reducida al estado animal antes de su extinción, el horror!) y no tendría fin.

—Y yo les dije que qué salvaje iba a ser —diría "La Pipi", muchos años después—, que era un escritor, un intelectual y además un tipo a toda madre, y que seguro ellos tenían la culpa de su comportamiento errático por haberlo maltratado. Y yo mismo fui y lo desaté.

Eso diría, muchos años después. Eso diría, pensó "La Pipi", mientras el zombi (que se había arrojado sobre él en cuanto estuvo desatado) le abría el vientre a dentelladas y empezaba a sacarle los intestinos.

(Un momento después, justo antes de morirse, alcanzó a pensar también esto: que en cuanto escapara de allí empezaría a vivir, mejor, su propia vida, libre de modelos e influencias.)

Los días con Mona

Joserra Ortiz

Halló el son obediencia en los mármoles y oído en los muertos,
y así al punto comenzó a moverse toda la tierra y a dar licencia
a los güesos, que andaban ya unos en busca de otros.

Francisco de Quevedo, *El sueño del juicio final*

There wasn't a sign of life left, except by now
there were no more screams!

Ben, *Night of the living dead* (George A. Romero)

—A veces a mí me gustaría ser la muerta —murmuró Mona. Luego se llevó la pistola a la sien, cerrando los ojos y la boca con el mismo deleite que mostraba cuando algún olor encontrado le recordaba los aromas de antes. Los de ciudad habitada.

Simuló el disparo casi con coquetería. Su boquita pintada diciendo suavemente ¡bang! me hizo imaginar por un momento que lo que estábamos viviendo bien podría ser eso: una pantomima. Una caricatura cruel y sin sentido, como las del Bugs Bunny, igual de corta y terminada abruptamente en unas fanfarrias felices recordando que la escopeta de Elmer Fudd no mata, sólo tizna.

Que con un poco de astucia siempre podemos salir bien librados.

—¿Qué te pasa? —me preguntó sin mirarme. Sus ojos estaban sobre la mesa, junto a la pistola.

Guardé silencio.

No es que no me atreviera a contestar, es que no tenía nada que decirle. ¿Qué podía contestarle?

Preferí preguntarle cuántas balas nos quedaban. También le pedí que hiciera el inventario de nuestras pertenencias. Dudaba de que tuviéramos lo suficiente para quedarnos algunos días más en esa casa tapiada en la que habíamos estado viviendo últimamente.

—Viviendo no —me corrigió—: Más bien escondiéndonos. Somos muertos que vamos cambiando de tumba, dando saltos pequeños sin rumbo fijo, únicamente siguiendo la ruta del hambre y del miedo, la que va encontrando su forma según lo dicta el azar.

Fue a la habitación contigua, donde dormíamos, y regresó con un *six pack* de cervezas, unas latas de Spam, una caja con balas y un paquete de pilas AA para las linternas. Las armas, obviamente, las llevábamos con nosotros todo el tiempo. Las cervezas estaban calientes, como siempre. El Spam no sobraba. Según nuestra lógica de racionamiento, aquello era suficiente para pasar dos días más sin preocuparnos por abandonar nuestro parapeto. Pero Mona ya estaba cansada de comer Spam frío, con esa cubierta de grasa gelatinosa que provoca unas terribles ganas de vomitar apenas toca la lengua.

—Mañana salimos —anunció.

Yo asentí sin decir nada.

De tan poco que hablaba últimamente parecía que había olvidado el lenguaje.

Aquella noche no soñé. Más bien recordé el día en que se acabó todo y comenzamos con nuestra vida itinerante. No había sido hace mucho. Sin embargo, no podría decir con precisión cuánto tiempo había pasado entre el primer avistamiento, el abandono masivo de la ciudad, el reportero de las noticias dejándonos para siempre y mi estadía con Mona en aquellos sitios donde nos cuidábamos de no hacer ruido y andábamos casi siempre a gatas.

Habíamos pernoctado en varias docenas de casas diferentes. En algunas nos quedábamos durante una o dos noches. En otras inclusive por semanas. Nunca ocupábamos departamentos, porque los edificios eran trampas seguras. Nuestra estancia en cada lugar dependía siempre de lo bien surtidas que encontráramos las despensas. Y sobre todo, de la cantidad de enfrentamientos que hubiéramos tenido con los muertos vivientes.

Ni ellos ni la muerte eran nuestros temores más grandes. Ni siquiera la escalofriante posibilidad de ser despedazados en vida, sintiendo las uñas y los dientes encajándose en nuestras carnes y arrancándolas a jirones. Lo que en verdad nos atemorizaba era saber que no había nada más, que el mundo era un presente contaste, sin un futuro al cual escapar. Estábamos conscientes de que aquella guerra la teníamos perdida de antemano, pero también sabíamos que ya habíamos perdido la vida.

Por eso nos concentrábamos en sobrevivir día por día. Aplazábamos el inevitable desenlace al que habíamos sido condenados junto a aquella ciudad que ya no era otra cosa que un despojo pestilente. Nuestro pacto tácito era no hablar del mañana, pero a veces, cuando veía la boquita pintada de Mona, me retraía a imaginar toda una vida llena de esas cosas triviales que muchos encontraban y casi todos perseguían con la seguridad de que eran lo único verdadero: una boda, unos niños, una casa, largos domingos en jardines con el asador humeando, las cervezas frías y los amigos riendo.

No es de extrañar que me haya vuelto un melancólico. Como digo, debíamos sobrevivir el día e intentarlo nuevamente al siguiente sin esperar conseguir nada.

Ahora que lo pienso, esa vida se parecía mucho a lo que fueron nuestros días antes de la catástrofe.

Las noticias nos informaron a todos de la extraña aparición de muertos por toda la ciudad. Eran muertos andantes, paradójicos muertos vivientes. En un principio los encontraban únicamente por las noches, caminando torpemente, tambaleándose y golpeándose contra las paredes. La gente los trataba como divertimentos de feria, sin preocuparse de razones ni de causas. Al poco tiempo, en cuestión de días, comenzaron a aparecer más y más cadáveres andantes a cualquier hora. Los esquivábamos camino del trabajo y ni siquiera los mirábamos cuando volvíamos cansados a casa. Desde nuestras ventanas, notábamos que parecían bebés torpes que apenas aprendían a estar de pie y a mover las piernas. Bebés hambrientos y salvajes, poseídos por un extraño ánimo de ataque y destrucción.

No todos eran muertos recientes. Algunos esqueletos eran tan viejos que vestían jirones de los uniformes de nuestras primeras guerras. Otros llevaban trajes y vestidos bastante pasados de moda. Era incluso gracioso ver cómo muchos de ellos intentaban rearmarse. Querían embonarse huesos y extremidades como si fueran piezas de Lego. Era una tarea inútil. La sequedad del tiempo había hecho mella en sus coyunturas, como en los juguetes oxidados.

Al igual que los cuerpos, también las cenizas de los que decorosamente habían elegido la cremación para evitar la putrefacción u ocupar menos espacio, esos que no quisieron dar molestias, salieron en estampida de sus nichos, como nubarrones de moscas camuflándose en el aire amargado de nuestra ciudad.

Volvieron los olvidados por todos los censos, invitados a la fiesta espectral. Nuestras calles fueron nuevamente caminadas por las mujeres sin nombre, con la boca y las cuencas cargadas de arena del desierto que borró sus nombres y la recolección de su memoria. Llegaron los desaparecidos políticos, nadando desde las profundidades de las presas y los mares. Algunos de ellos debían impulsarse únicamente con los brazos, por los pesados bloques de cemento o de cantera que llevaban encadenados a los pies. De la Facultad de Medicina, los hospitales y algunos domicilios particulares salieron esqueletos bien armados, barnizados y con las articulaciones reconstruidas con cablecitos de alambre que les permitían caminar casi con toda propiedad. Hasta parecía que bailaban de contentos, con esa sonrisa tan compuesta que tienen los rostros descarnados.

Pero de entre todas las estampas de ultratumba, la que mejor recuerdo es la de la última emisión televisiva. En vivo y con nitidez digital, se nos mostró la pelotera que se armó en las fosas comunes. La confusión por saber quién era quién, o de quién era esa pierna, aquel brazo o aquella mano concluyó en un zafarrancho del que salieron huesos volando en todas direcciones. Aquella fue la mañana en que el valiente reportero se subió a un helicóptero y nos abandonó para siempre.

Agitaba la mano con angustia.

Él tampoco tenía certeza sobre su destino.

No hubo teoría que explicara cabalmente qué estaba pasando y la alarma cundió rápidamente. Miles de familias abandonaron la ciudad de forma esquizofrénica y estridente. Las que antes fueron calles amuebladas por un tráfico denso y ruidoso, se convirtieron en arterias desiertas que poco a poco fueron habitando los perros y los gatos que se habían quedado atrás.

Luego ellos también murieron, y junto a todos los cadáveres comenzaron a cojear sin ton ni son por todas las calles, negándose a volver al polvo.

Lo lógico era que perdiéramos la noción y la dimensión del tiempo. En ese nuevo orden, los calendarios y los relojes resultaban inútiles. Dentro de nuestros escondites se hacía de día cuando la luz cruzaba los pequeños espacios que separaban las tablas con las que habíamos tapiado las ventanas. No era un día nuevo, sino el mismo día de siempre, repetido. Rutina, repetición, aprendizaje.

En poco tiempo aprendimos, por ejemplo, que los muertos no eran demasiado enérgicos. La mayoría de las veces, el más leve golpe destruía sus manos o los desarticulaba por completo. Las maderas más variadas, arrancadas con cuidado de los mismos muebles de las casas, eran suficientemente fuertes para mantenerlos alejados. Los vidrios casi nunca.

Debido a que en la guerra que librábamos era imposible aniquilar a nuestros adversarios, nuestra mejor defensa era la trinchera. Nos fue fácil sobrevivir escondidos y a la ofensiva. Nosotros, habitantes comunes de una ciudad tan grande, estábamos acostumbrados a parapetarnos. Estábamos agradecidos de haber sido educados en el silencio y la incógnita. En verdad apreciábamos la capacidad aprendida de ser anónimo entre la muchedumbre.

La violencia fue otro aprendizaje que Mona y yo adquirimos sobre la marcha. A base del método inductivo de la prueba y el error, supimos en poco tiempo cómo golpear con certeza utilizando diferentes objetos. Aunque lo parezca, no es sencillo aprender a matar, ni aprender a hacerlo con convicción. Tampoco es fácil apretar un gatillo con seguridad y puntería. Eso sí, también descubrimos que las balas no mataban a los muertos, tan sólo servían para pulverizar o desarmar sus cuerpos. Aunque nunca se replegaban, con el suficiente tino o la valentía para atacarlos de frente, armados además con palos, machetes o bates de béisbol, podíamos desmoronar brigadas enteras y dedicarnos a lo nuestro, que era la huida constante, el escape hacia un rincón donde la densidad poblacional de cadáveres fuera lo suficientemente baja como para pasear tranquilamente. Como en los días en que la delincuencia y el narco eran lo único que nos estorbaba.

Mona solía despertar exaltada. Yo lo hacía antes que ella, pero evitaba levantarme. Me gustaba compartir la cama con Mona, aunque nunca nos hubiéramos dado ni siquiera un beso. Nunca nos lo daríamos. Tenía urgencia de su cuerpo o de cualquier cuerpo, pero ella había sido reacia con respecto al sexo. Nunca jamás. Ni lo pienses. Para nada.

—El sexo arruina cualquier relación y al parecer estamos condenados a estar juntos mucho tiempo. Igual y para siempre. Mejor no arriesgarse a odiarnos.

Esas cosas las decía casi todas las noches y también las mañanas cuando veía en mis ojos la insistencia. Dormíamos juntos por
protección, por seguridad, pero estoy casi seguro que a ella también le gustaba saberse acompañada de mi olor o de cualquier olor
y del calor que despide un cuerpo vivo y que acompaña.

—Y yo que creía que no se trataba de planear el futuro —su-
surré indignado.

—¿Tenías una novia? —me preguntó mientras se desamodo-
rraba con la misma coquetería inocente que usaba para jugar a sui-
cidarse—. Seguro era una tipa que te besaba mucho, que te hacía
cariñitos y que cogía con singular alegría. ¿Se retorcía mucho en
la cama? ¿Se fue con todos los que nos dejaron acá atrás? Anda,
dime.

—¿En verdad te interesa saber lo de la novia?, no sé por qué te
gusta molestarme tanto. Mejor cuéntame de tu novio, a ver.

Ambos conocíamos bien nuestras respuestas. Eran preguntas
que nos habíamos hecho hacía ya tiempo, cuando nos conocimos.
Quise tomar un baño, si salíamos esa mañana quería hacerlo
limpio. No siempre teníamos suerte de encontrar agua, pero en
aquella casa habíamos descubierto el tesoro de un aljibe lleno. Lo
habíamos racionado a lo largo de los días y lo usábamos principal-
mente, o únicamente, para beber.

—Me voy a duchar —le avisé—, al fin que ya nos vamos.

—Bañémonos juntos.

—¿Lo dices en serio o es otra de tus pendejadas?

Mona rio estruendosamente y escondió la cara entre las sábanas. Era bonita, demasiado. Su risa era franca y juguetona. Permitía olvidar que estábamos en medio del infierno. De haber tenido
una novia, hubiera escogido a alguien como ella.

El reportero de las noticias no fue el primero en abandonar la ciudad. Más bien fue de los últimos. Pero su partida me parece muy
significativa porque resume el significado del éxodo. Los que nos
quedamos no teníamos helicópteros como él, y el único medio de

escape posible era el aire. Las calles eran ya casi intransitables con tantos millones de muertos por todos lados.

Mona y yo tuvimos la oportunidad de escaparnos, como todos los que lo hicieron, y si no nos fuimos fue por un error de cálculo de su parte. Y por mi cobardía.

Cuando comenzó lo de los muertos yo ya vivía solo, en el décimo piso de un edificio en el centro. Salía poco de casa. Me dedicaba a la venta de joyería por Internet y debía pasar la mayor parte del día frente a la computadora, aceptando o rechazando las ofertas de diversos compradores alrededor del mundo que encontraban mi mercancía en eBay. Cuando los muertos comenzaron a contarse por miles y luego por millones, me dio un miedo terrible abandonar mi departamento y me concentré en acabar con lo que tenía en mi alacena, pensando que el gobierno o los gringos vendrían pronto a rescatarme.

Luego ya no hubo ni agua ni luz.

Así descubrí que los edificios son trampas mortales, porque cuando ya no hubo solución al problema y la ciudad se había rendido, representando su derrota en ese reportero despidiéndose melancólicamente de todos aquellos que nos quedábamos atrás, todos los pasillos de mi edificio estaban ya atiborrados de muertos buscando a los vivos para invitarlos a su reino de huesos y despojos ambulantes. Para escapar, me valí de la extraña valentía que le surge a uno cuando ya todo está perdido.

Por su parte, Mona decidió quedarse. Sobre todo porque estaba cansada, pero también porque se había equivocado de camino cuando pretendía huir. Para salir de la ciudad rumbo al sur, hay que tomar un boulevard que conduce a un distribuidor de puentes; ahí hay que bajar por el brazo que conduce hacia la carretera deseada. Cuando lo intentó, Mona equivocó la ruta dos veces. Primero por la prisa y después porque no leyó el señalamiento que indicaba la dirección de la carretera que buscaba. Así que la primera vez tomó el brazo que conducía de nuevo al boulevard y luego, en su segundo intento, bajó por el que conduce hacia el centro de la ciudad. Tan mal planeado está el distribuidor que de inmediato se supo perdida, pues no había un retorno sino hasta cuatro o cinco kilómetros ya dentro de la mancha urbana. Una gran parte del trayecto equivocado, Mona fue atropellando cadáveres que de inmediato volvían a levantarse. El cráneo astillado de alguno de ellos se encajó en una de las llantas reventándola y haciéndole perder el control. Terminó estampada contra un semáforo y se quedó ahí, adolorida, rendida y decidida a entregarse al destino.

Además de esos mínimos detalles, ella nunca se molestó en darme más explicaciones, ni yo me molesté en pedírselas. En lugar de hacerlo, simplemente nos repetíamos que había sido una suerte encontrarnos. Sobre todo me lo decía yo. Ya les dije que solía despertarme antes que ella y la veía dormir plácidamente. Coqueta hasta cuando tenía los ojos cerrados.

Revisamos la casa por última vez. En nuestras mochilas cargamos con lo más útil: las latas restantes de Spam, en lo que encontrábamos algo mejor, las linternas y algunas otras cosas que habíamos encontrado en los clósets y en la alacena. Mona aprovechó para emperifollarse con algunas joyas que sacó de una cajita que estaba en la mesa de noche. Se maquilló. Yo me cambié los tenis por unas botas de campo que andaban por ahí y tomé también un piolet cuyo antiguo propietario había abandonado en la pared, junto a un crucifijo bastante feo que decía Recuerdo de San Juan de los Lagos. Aún lo conservo. Probamos un auto que se había quedado atrás, como nosotros, y salimos a toda prisa, pisando a todos los muertos que se cruzaban en nuestro camino.

Las primeras noches con Mona fueron un suplicio. No tanto porque la rigidez de su cuerpo me tentara a abrirle las piernas y a entregarme a la oscuridad salvadora de sus labios, sino porque roncaba como un tractor atascado en el lodazal de las lluvias de marzo. Me hubiera gustado ser un hombre en verdad valiente, un forajido o un fortachón apto para la protección. No quería que nada le pasara. Sin embargo, yo no era otra cosa que un tipo con suerte que había logrado salir airoso de una única batalla, escapando como los cobardes y sin ánimos de pelea. Por algún tiempo creí que Mona lo merecía todo y que yo no estaba a la altura del conflicto.

Pronto me di cuenta de que ella era como todas las mujeres, así que me concentré en ser un buen tipo, sin exagerar en mis buenos modales.

Ni Mona ni yo necesitábamos mirar alrededor para darnos cuenta de que aquello a lo que ya pertenecíamos era desagradable y aburrido. Estábamos condenados a vivir entre muertos y a convivir con el resto de las cosas que los demás habían dejado al partir. Algunas veces pensábamos en huir, pero no sabíamos a dónde. Queríamos encontrar a alguien más que nos diera esperanzas o noticias. Cualquier indicio de que las cosas podrían estar mejor en algún otro lado.

En todo ese tiempo nunca nos topamos con ningún otro vivo, pero presentíamos, o más bien sabíamos, que había otros como nosotros atascados en aquel mar de cadáveres. Lo veíamos en las casas que mostraban las mismas huellas que Mona y yo dejábamos en los lugares donde habíamos pasado una, dos o varias noches. Por desgracia, ninguno de nuestros conocidos había quedado en la ciudad o, en el peor de los casos, imaginábamos que ninguno de ellos había quedado en nuestras condiciones. Marcábamos como locos a los celulares, pero nadie respondía. Cuando se nos acabaron las baterías dejamos de marcar. No había electricidad para recargar los teléfonos y ni siquiera había línea en los fijos. Fuimos abandonados o, quizá mejor dicho, nuestra situación nos abandonó del mundo que alguna vez conocimos.

A pesar de las cosas, Mona era una grata compañía. Su sola presencia lograba que por momentos me olvidara de la mierda en la que estábamos sumidos. Era una buena amiga con la que me hubiera encantado acostarme. Sabía cocinar, así que cuando teníamos la fortuna de encontrar una casa con gas, preparaba unos platillos suculentos e imaginativos con las pocas cosas que hallábamos en las alacenas. Además era una gran conversadora y, a pesar de los días, siempre tenía suficientes temas para platicar. Solía contarme historias sobre sus múltiples amigos, muchos de ellos habitantes de ultramar y posiblemente ignorantes de nuestra desgracia.

Recuerdo la historia de un chico madrileño que se dedicaba a hacer documentales sobre eventos significativos, por ejemplo, algún concierto que se convirtió en una piedra de toque para la cultura popular de nuestros días. O la de un equipo de futbol de minorías, subcampeón en su año, que por el tiempo en que había conseguido la mediocre hazaña, logró colarse a la memoria eufórica de los pocos seguidores que tenía. Pero entre todas las conversaciones de Mona que atesoro, la que más me gusta recordar es la de ese tío suyo que trabajó de extra en la televisión estadounidense y llegó a doblar al mismísimo Peter Graves en *Misión: Imposible*. Algo tiene de encanto la imagen de un hombre sin otra razón de ser que pasar inadvertido para que otro perdiera para siempre la intimidad.

Cierto día, mientras doblaba esquinas buscando un lugar propicio para pasar el día, la noche y todo el tiempo que se pudiera, Mona me explicó que había formulado un plan. Si nos lo proponíamos, no era tan difícil dejar la ciudad, pero abandonarla no significaba que encontraríamos un lugar seguro. Probablemente todas las carreteras y los pueblos y ciudades que fueran apareciendo por ahí estarían en las mismas condiciones que la nuestra. Podríamos pasar toda la vida escondiéndonos de ciudad en ciudad, lo cual sería muy cansado, o aguantar todo lo posible en aquel territorio que, de cualquier manera, nos era conocido.

Debíamos tener claro, por supuesto, que también era posible que el reportero y todos los otros hubieran encontrado un lugar para estar bien, sin cadáveres andantes ni cenizas voladoras. Cabía la posibilidad de que aquél hubiera dejado de huir en su helicóptero y ahora reportara noticias triviales para no alarmar a quienes pudieran estar ajenos a nuestra desgracia. Así que, en resumen y en principio, había dos posibilidades: salir o quedarse. Quedarse no significaba otra cosa que seguir moviéndonos como lo habíamos hecho. Salir de la ciudad, por su parte, suponía también dos o más posibilidades; por lo pronto: dejar de escondernos o seguir haciéndolo. Vaya novedad.

—¿Y entonces qué? —le dije—. ¿Qué tiene eso de plan?

Mona se detuvo un momento. Cavilaba su respuesta como si aquello se tratara de un juicio sumario.

—La cuestión no es qué hay o cuáles son las posibilidades de nuestra elección. La cuestión ni siquiera es lo que tú o yo seamos capaces de decidir. Mira, supón que no sólo tenemos dos, sino miles de posibilidades, pero supón también que la resurrección de los muertos tiene un sentido —se detuvo un momento y luego sentenció con resignación en los ojos—: y si tiene un sentido, es lógico también sean muchas las posibilidades de ese sentido.

—No te estoy entendiendo —le confesé.

—Es sencillo: no importa qué decidamos hacer nosotros. Lo que importa es entender cuál es el sentido de que los muertos hayan resucitado. Qué significa.

—Creo necesario aclararte —le dije—, que los muertos no han resucitado, porque no han vuelto a vivir. O sea, no están vivos. Vivos, tú y yo; ellos siguen estando muertos pero actúan como vivos, o casi. Sabemos que caminan y comen, pero quién sabe si caguen o duerman.

—Bueno, sí, da igual. De cualquier manera todos esos muertos están ahí y ésa es la situación. Ellos no se van a ir. Pero todo en el mundo tiene un propósito. Si se levantaron fue por algo y nosotros no hemos hecho nada por entender qué es ese algo.

—Ok, chido, pero y qué. ¿A dónde vas a parar?

—Eso es lo bueno, que nuestro dilema se resume, entonces, en averiguar cuál es el motivo de este desmadre y actuar en consecuencia... o no averiguar ni madres y entonces decidirnos por quedarnos o irnos. No sé si me estás entendiendo o si no me estoy dando a entender... es más, ni siquiera sé si cualquiera de las dos opciones, o las múltiples opciones, todo depende, bueno, si cualquier cosa que hagamos nos lleve a solucionar esto. Lo que sí sé es que no podemos seguir así como estamos. Creo que llegó el momento de actuar.

—¿Y ése es el plan? Pensé que tenías uno de verdad, una ruta de escape o una idea de qué hacer. Algo. Cualquier cosa.

No respondió. Mona decidió quedarse en silencio y yo hice lo mismo, tratando de descifrar a dónde llevaba todo eso. Y también esa calle en la que andábamos, porque conozco muy mal el poniente de la ciudad y no quería acabar en el trébol porque aquello significaría haber tomado una decisión y no era el momento indicado.

Lo que siempre habrá de intrigarme es por qué mi familia no decidió buscarme. Si ellos habían logrado escapar como yo lo intuía, sobre todo porque nunca me topé con sus cuerpos dando tumbos en la calle, no entendía la razón de su silencio. Mientras hubo luz, pasé los días enteros en Internet, esperando que alguno de ellos se conectara al *messenger* o me enviara un email, o cualquier cosa. Pero nada, con la muerte de la ciudad me descubrí solo en el mundo y durante algún tiempo eso me produjo cierta incomodidad.

Fue mi encuentro con Mona el que e salvó de esas cavilaciones.

Es extraño, sobre todo ahora, pensar que ella vino a salvarme. Al principio, al despertar, solía pensar que Mona era un sueño. Pero no lo era. Dejaba pasar algunos segundos antes de abrir los ojos, hasta que me convencía de que ésa era mi realidad: dormía sin dormir de veras al lado de una mujer hermosa y la ciudad era un territorio de cadáveres.

Solía pensar que para mí la mañana llegaba muy pronto. Me habría gustado dormir más, pero la sola presencia de Mona durmiendo allí, a mi lado, me llenaba de una alegría indescriptible. Era como saber que mi mundo no estaba tan de cabeza. Que la pesadilla estaba afuera, lejos de la cama.

Me gusta imaginarme que para ella todo aquello significaba lo mismo.

Se puede creer en mil tonterías y actuar en consecuencia, o se puede no creer en nada y actuar también en consecuencia. En parte, la no creencia es una especie de creencia porque exige, más o menos, el mismo esfuerzo. A su vez, la negación conlleva a la misma certidumbre que la afirmación. Durante mucho tiempo me negué a creer que el levantamiento de los muertos tuviera un motivo más allá del simple acontecimiento. Pero Mona creía que siempre hay una razón para las cosas y que el encuentro de esa razón procuraría nuestra liberación de aquel panteón vagabundo.

Noche a noche, y sobre todo mañana a mañana, me dediqué con furor a evitar pensamientos y cavilar figuraciones que explicaran la razón de nuestro estado. Me cansé negándolo todo, aguantando nuestro escenario en silencio. Las cosas eran y punto. Mona por supuesto que no pensaba lo mismo y pasaba los días envuelta en una lluvia de ideas, verdadera tormenta que, en su voracidad de monólogo, repasaba hasta los pensamientos más descabellados.

Primeramente, como lo que vivíamos ya había sido representado en centenares de películas, Mona barajó las posibilidades que ella creía lógicas. Un científico malvado pretendía dominar al mundo y se valía de un ejército de muertos para ayudarse a lograr ese fin. En otra variante, el científico simplemente tenía un espíritu chingativo y nomás quería la destrucción del género humano para comenzar una nueva época, sin índices de mortandad ni de nacimientos.

Cabía también la posibilidad de un *bocor*, un brujo o bruja de origen africano, habitante de Haití u otra nación del Caribe o inclusive Nueva Orleáns, que por medio de rituales de vudú tuviera más o menos las mismas intenciones que el científico.

Mona llegó a hablar de un asteroide que, tras impactar contra la Tierra, hubiera creado una reacción inexplicable que levantara a los muertos. En ese contexto, no había un plan malévolo tras los acontecimientos; simplemente se trataba del inicio del fin de la raza humana.

Sí, un asteroide, como con los dinosaurios.

La primera posibilidad descartada no fue ninguna de éstas, sino la de un virus o un experimento fallido con humanos. Acordamos que eso no explicaría el despertar de los muertos, sino una plaga de infectados que quisieran, a su vez, infectar al resto del mundo, quizá por pura envidia o, como en el caso del científico loco, por las puras ganas de chingar gente. Nuestras pruebas más concluyentes eran que nuestros muertos no morían al destrozarles el cráneo y la extraña visión de las cenizas voladoras. Si algo de lo que dijo el cine podía ser verdadero, debíamos descartar inmediatamente a los virus y a los alienígenas usurpadores de cuerpos. Claro que eso no significaba que estuviéramos cerca de encontrar la respuesta definitiva, ni mucho menos.

Aunque pudo abandonar estos pensamientos rápidamente, Mona no renunció a ideas folcloristas porque, a final de cuentas, las historias de muertos que regresan siempre han sido demasiado populares. Se convenció de que, si no totalmente, mucho de lo que se había contado con anterioridad debía tener algo de razón. No por nada parecía que vivíamos en un set de George A. Romero o, ya de perdida, en uno de René Cardona. Pero igual podíamos estar simplemente en un cuento de aparecidos. Algo así como en *El convidado de piedra*, pero en versión Estadio Azteca.

Era precisamente en eso donde estaba la clave, según Mona: en la idea de los aparecidos, de los muertos que vuelven de ultratumba y aterrorizan a los vivos por alguna razón que los vivos no comprenderían mientras se mantuvieran en ese estado.

—El orden fundamental de la existencia, el origen que explica todo lo que somos, especialmente nuestra inconsistencia humana y social —dijo Mona—, es la dualidad vida y muerte. Siempre hemos sabido que nuestro mayor temor es el desconocimiento a lo que viene después. La idea de morir, de terminar para siempre, es un fantasma que se extiende sobre toda teleología humana

—se detuvo brevemente para beber un trago de cerveza caliente—. Cabe preguntarse entonces si el más grande temor de los
muertos es la vida. ¿Les aterra volver a lo que fueron, desmoronar-
se cíclicamente para repetirse día con día?

—Podría ser que sí —le respondí, a sabiendas de que su pregunta había sido retórica—. Quizá la peor condena para un muerto sea volver, vivir, que lo obliguen a repetir el drama de los vivos.

Me encantaría contar que finalmente la nuestra fue una historia
de amor. No lo fue y probablemente eso sea lo que más me duele.
Puedo jurar que los meses que pasé con ella fueron los más felices
de mi vida. Me sentía acompañado y, además, parte importante
en la vida de una mujer hermosa. Sé bien que ya han pasado muchos años, pero siempre me ha dolido el hecho de que finalmente tuviéramos que separarnos. Yo, que pasé mañanas completas
imaginando nuestro futuro, terminé atado a esta soledad que no
escatima en dolores ni reproches. Una soledad que no tuve tiempo
de planear, porque el mañana fue siempre una imposibilidad. La
nuestra fue una historia condenada a concluir con premura, y los
últimos días con Mona pasaron muy rápidamente.

Al poco tiempo de que decidió encontrar la razón del deambu-
lar de los muertos, yo dejé de ser centro de atención en su pensamiento y se preocupaba poco por mí. Nunca más volvió a cocinar,
por decir una de tantas cosas, y se conformaba con comer cualquier cosa que no ameritara una preparación complicada. Latas
de Spam o de atún o de frutas en almíbar. La pistola no volvió a
posarse en su sien y su boquita pintada nunca volvió a repetir el
deseo de muerte. Poco a poco fue perdiendo sensualidad. Y también me gustaba así; pálida y casi autómata, al borde de su derrota,
sumergida en un torbellino de preocupaciones y especulaciones
que la hacían pasear entre lo que sabía, lo que se imaginaba y lo
que iba descubriendo en algún libro en cada casa que ocupábamos.

Yo, por no dejar y sobre todo porque esa clase de compañía solamente me hacía sentir más triste, solitario y pusilánime, intentaba

volver a las antiguas conversaciones. Le preguntaba sobre sus amigos, le preguntaba sobre su tío el doble en *Misión: imposible*, pero ella se contentaba con decir que todo eso ya me lo había dicho.

—Vamos —le insistía—, podemos contarlo todo de nuevo —pero Mona se entercaba en que no, en que ya no quedaba más que decir sobre ese o cualquier otro tema.

—¿Qué no ves que estoy pensando? Déjame en paz.

—Ándale, si lo único que tenemos es nuestra plática.

—Que te calles te digo.

No pasó mucho tiempo antes de que se acabara nuestra camaradería. El silencio y la soledad de la ciudad muerta se trasladaron hacia la pequeña distancia que nos separaba. Y ya no sabía qué era más frío, si el invierno que empezaba a colarse por las ventanas o nosotros.

Al final de nuestros días en la ciudad, la única de las teorías a la que Mona se dedicaba era a la del fin del mundo. Decía que, a pesar de lo que cualquiera pudiera decir, el Apocalipsis, el juicio final, siempre había sido una posibilidad. Qué tal si los muertos se habían levantado para esperar al Señor, para que les dictara su condena definitiva y que su retorno fuera un mero trámite en lo que se apagaba el tiempo y comenzaba a juzgarnos salomónicamente.

No puedo dar más detalles al respecto de esto, mejor pregúntenle a Mona si la encuentran. Como he dicho, mi esfuerzo no era otro que el de negarlo todo y me encerraba en una noche de tedio, mientras que ella conjeturaba con los diversos cultos a los muertos que nos eran familiares.

Muy pronto me encontré harto de toda esa situación y tomé la iniciativa de largarnos de ahí. Me dediqué a la caza de una camioneta grande y resistente, un vehículo que nos permitiera aplastar a todos los cadáveres que se nos cruzaran enfrente.

Si en algo tenía razón Mona, es en que nunca se ha sabido de alguien que venza a la muerte. Yo creo que es mucho menos posible ganarle a los muertos. Por eso, sólo debemos dedicarnos a dejarlos atrás hasta que aparezcan otros a los que pasar de largo.

Por eso opté por seguir huyendo, de ciudad en ciudad si era necesario.

Por suerte los encontré a ustedes.

En mi desesperación, no me importaba que cualquier otro lugar estuviera igual que el nuestro, lleno de muertos andantes y cenizas voladoras. Quería huir de esa ciudad que cada vez me otorgaba menos oportunidades y que había evitado que Mona se enamorara de mí.

Una mañana, hace no mucho, después de un baño de agua helada, conduje la camioneta convencido de que no equivocaría la salida. Llegué acá, donde ahora estoy intentado narrar un poco de lo que pasó en aquellos primeros años de la invasión de los muertos vivientes, cuando todavía no sabíamos qué hacer con ellos.

Recuerdo que al dejar la ciudad llovía y que arrollamos decenas de cadáveres antes de tomar el brazo indicado de aquel distribuidor que nos separaba del resto de la vida. Entonces Mona intentó contarme algo sobre el Día de Muertos en Michoacán, pero ya era demasiado tarde para nosotros y la carretera, además de mojada, estaba completamente vacía.

Los Zetas

Bernardo Fernández, *Bef*

PERO QUÉ RARO ES JUANITO.

NO HABLA CON NADIE, TIENE LA
MIRADA VACÍA, SE MUEVE MUY LENTO,
NO PARTICIPA EN CLASE...

¡Y HUELE TAN MAL!

PRONTO, LAS MAMÁS DE LA ESCUELA
COMIENZAN A MURMURAR.

NADIE QUIERE A UN NIÑO TAN
EXTRAÑO CERCA DE SUS HIJOS.

PRONTO LLEGA UNA PETICIÓN DE EXPULSIÓN PARA JUANITO, FIRMADA POR LOS PADRES DE FAMILIA. AL DIRECTOR NO LE QUEDA ALTERNATIVA.

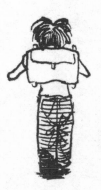
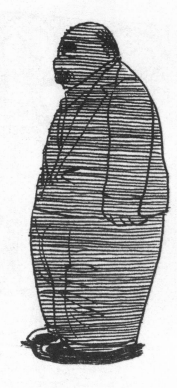

El puente

Gabriela Damián Miravete

He soñado con ella todos los días desde hace un mes. Habrá a quien le parezca espantoso, pero para mí, hasta anoche, había sido reconfortante. Siempre fui muy cercana a mi tía, su muerte me llenó de amarga nostalgia. Miro al espejo y encuentro su nariz en la mía; reconozco sus largas uñas en la rosada media luna de mis manos; sé que, si llego a envejecer, mi cuerpo será un reflejo del suyo. La sangre, la carne, no mienten. Delatan nuestra pertenencia a ese grupo líquido llamado familia; atándonos para siempre a su marea.

Es hasta ahora que pienso con detenimiento en los sueños porque no tengo a la mano mis distracciones y válvulas de escape habituales: no hay luz. Aunque apenas cae la tarde, el interior de la casa ya se ha oscurecido. Miraba la televisión cuando se produjo el apagón. Trato de encenderla una, dos, tres veces en menos de cinco minutos sabiendo que el esfuerzo es inútil, pero me resisto a pensar, a estar conmigo y con lo que me pesa. La realidad se cuela entonces por la ventana de la cocina. El vuelo de un par de palomas, el choque de la loza que se lava, vecinos deambulando junto a los medidores de luz, preguntándose el porqué del corte de energía.

Me rindo ante el perezoso tren de mis ideas, me tumbo en la cama a esperar que vuelva. Entonces evoco la atmósfera, la luz, el sabor del sueño.

Estoy al aire libre, al sol. Las copas de los árboles son altas y verdes, la hierba que piso es alta y bisbisea con el paso del viento fresco, casi frío, como suele sentirse al inicio de la primavera. La casa de mis abuelos, en la que mi tía habitó toda su vida, está frente a mí, cruzando un río vigoroso que refulge con el día y echa borbotones de espuma blanca sobre las piedras. Me acerco a la orilla y confirmo que no puedo cruzarlo, pues el caudal tiene el color topacio de la profundidad riesgosa. La puerta de herrería, cuyos barrotes retorcidos acaban en puntas doradas, está cerrada. Detrás de la reja mi tía me observa. Tiene el mismo peinado con que aparece en las fotos donde apenas soy un bebé, el mismo maquillaje escandaloso a gogó que resaltaba sus ojos con pestañas postizas, la misma sonrisa congelada de las imágenes. Sé que está muerta.

Aún así quiero cruzar.

Mi tía asoma una mano por los barrotes, y con la otra intenta abrir la puerta.

—¡Espera! No te vayas a caer. Yo iré contigo, ¡no vengas! —me grita con la voz jovial que tan bien recuerdo.

Me alegra escucharla, verla de nuevo. La veo salir, dejar entreabierta la puerta de la casa. Sé que dentro hay más personas, todas muertas, todas mías.

Pero no tengo miedo.

El río se interpone entre nosotras.

Los vecinos han hecho asamblea. Se les oye vociferar, organizarse, subir y bajar escaleras. Supongo que la luz no volverá pronto. El ruido no me impide sentirme adormilada. El suave ámbar de la penumbra hace borrosos los contornos de la cómoda, la lámpara, el cuadro. Me dejo arrullar, pero no cierro los ojos, no quiero quedarme dormida ahora. Después de anoche, no quisiera soñarla otra vez.

—No te muevas. Yo voy por ti. Trae algo que podamos usar —decía ella cada noche.

Tardé en comprender la necesidad de construir un puente. En el escenario del sueño, la extensa ribera camina hacia el horizonte, y en su final se intuye el abismo de una cascada. Del otro lado, el agua baja por niveles escalonados de roca que se pierden en la negrura verdosa del bosque. Parecía razonable buscar troncos que pudieran servir para la estructura; pero la lógica de este sueño era otra. Me interné en el bosque para hallar azarosos materiales, objetos que fueron saliéndome al paso: un vestido con aplicaciones de pedrería, el riel de una puerta corrediza, un salero de plástico con forma de tomate... Mientras duraba la cacería, yo era niña y llevaba ropas de abrigo. Me fui dando cuenta de que aquellas baratijas eran trozos de tiempo, un tiempo familiar que ambas habíamos compartido. Recuerdos insignificantes enterrados en la memoria que habían sido la utilería de mi infancia, de su juventud, y que ahora cobraban toda su relevancia.

¡Me resultaron tan preciosas esas reliquias de arqueología propia!

Cuando reunía tantas cosas como pudiera cargar, las llevaba al río y las depositaba sobre la superficie con el cuidado que se tiene con los frágiles barquitos de papel. Mi tía se alegraba, y yo también. La mayoría de los objetos flotaban, desplazándose veloces hasta la otra orilla, pero otros se hundían, cosa que me entristecía mucho. Mi tía los acomodaba a la manera de un rompecabezas. Luego ponía uno de sus pies descalzos encima y presionaba para comprobar su firmeza. Desde la otra orilla sonreía, me felicitaba usando las mismas palabras que me dirigía al salir de un recital o una complicada prueba de la escuela.

Me complacía tanto, en fin, hallar esos tesoros, que no podía esperar a la noche siguiente para descubrir qué más nos devolvería el bosque.

En los sueños no había asomo de la última, tristísima imagen que tuve de mi tía. Desnuda sobre una toalla encharcada, la máscara de pestañas corrida sobre las mejillas, la boca abierta en último intento por jalar aire. Las manos y los pies torcidos como ramas. El cabello erizado, único fantasma de la descarga eléctrica que entró por los pies y estalló en su tórax.

En la cortina veo la sombra de los pájaros volando en desbandada. Los vecinos escuchan en alguna chatarra portátil un mensaje que no alcanzo a descifrar. ¿Debería salir y unirme a ellos? No tengo ningún deseo de moverme. Encienden el motor de sus coches. Las voces suben de tono. "¡¿Para qué arriesgarse?!", grita uno. Y yo pienso lo mismo. Me hundo en el colchón como en la arena movediza. No encuentro ningún sentido en levantarme, en hacer un esfuerzo por encender el televisor una vez más. Mi cuerpo parece estar convenciéndose de ello. Es como si me hubiese enfermado de apatía desde el mal sueño.

Antes de anoche, la atmósfera del sueño era de reposada alegría. Mi tía avanzaba en la construcción del puente, prodigioso de ver. Compuesto por tanta miniatura o textura curiosa o retazo único, se alzaba entre las dos como nunca en la vida tangible compartimos otra cosa.

Hasta que mis excursiones al bosque resultaron inservibles.

Encontré muchos objetos más, pero se hundían en el fondo del río al intentar utilizarlos para construir. No pasaban quién sabe qué prueba. Quizá era que el alfiletero, los jaboncitos envueltos en papel de china, la charolita de plata tenían que ver, para mí, en la memoria, más con mi abuela que con ella. Faltaba poco para concluir el puente, pero de ningún modo podría cruzar aún. Cada noche de la semana anterior escarbé y escarbé la tierra con resultados mediocres. La apariencia de mi tía cambió: desde la otra orilla noté su cansancio, su pesadumbre.

Entonces pude encontrar la mitad de los objetos que faltaban: los tristes.

Hallé su álbum de bodas, algunas fotografías desprendiéndose del plástico autoadherente. Encontré ropa sucia de bebé apilada sobre un colchón cubierto con sábanas percudidas; un par de muñecas suyas muy viejas que siempre me dieron miedo, su mugrosa carita de plástico sonriendo dentro de un animal de felpa. Toda la correspondencia que nunca abrió, cartas amarillentas, cuentas sin pagar, avisos, brotaban de la tierra como flores marchitas en mudo reproche. Crecí de golpe: en el sueño era una adulta buscando las pertenencias que le eran más caras a mi tía, quien ya estaba inutilizada por la melancolía. Recogí las cosas y las llevé al río con buena cara para que supiera que esos recuerdos desagradables no minaban mi amor por ella. Quería que me mirara, que palpara mi cariño; quería eliminar la culpa que sentía por no haber estado ahí siempre y, a la vez, brindarle a ella alguna clase de consuelo. Con un gesto casi hambriento colocó el resto de los objetos sobre el río, una lengua de zafiro ávida de memorabilia que se alzó en chisporroteos vivos al crearse el tramo final del puente. El rostro de mi tía, abotagado, muerto, hinchado por el agua, me miró sin expresión alguna desde la otra orilla.

Y desperté.

La noche ha caído. Afuera, el silencio.

No se escucha nada hasta que un grito estalla contra las ventanas del edificio frente al mío. Intento moverme, pero no puedo. Creo que permanezco suspendida en el horrible estado del sueño a ojos abiertos. Trato de despertar, pero no, no estoy dormida. Los gritos van sucediéndose en los apartamentos de la calle, surgen y explotan como burbujas de jabón. Hay un sonido constante, el de *algo* que se arrastra. Algo que se desliza por las escaleras y continúa ascendiendo, otro algo que serpentea por la calle, algo más que se tambalea en el piso de arriba. Lejano, ahogado, se deja oír un sonido similar a los lamentos de un malherido.

Pronto son cientos.

No puedo moverme. Caigo sin caer en repetición infinita. Siento que me hundo en el fango del sueño y floto hacia la superficie sólo para enseguida hundirme otra vez. Estoy condenada a yacer de lado, con la cabeza mirando hacia la puerta de la casa. Ni siquiera puedo cerrar los ojos para no ver lo que entrará por ella.

Hay un olor dulzón, ácido, en el aire.

Escucho los arañazos de alguien que ruega por entrar a mi casa. No tiene la suficiente fortaleza para derribar la puerta, pero conforme pasan los minutos demuestra que sí posee la constancia necesaria para no marcharse. Oigo sus largos suspiros, el chasqueo de una lengua quizá demasiado corta para articular lo que quiere decir.

Aunque yo la escucho dentro de mi cabeza: "No te muevas, yo voy por ti".

Afuera los gritos se multiplican a la par de los gemidos. De alguna forma comprendo que cada cosa que se arrastra busca a su pobre presa, inmóvil como yo. El veneno inoculado en sueños paraliza eficazmente.

La televisión se enciende de golpe, el foco ilumina dolorosamente la cómoda, la lámpara, el cuadro, la entrada. La luz ha vuelto y no trae con ella ninguna esperanza.

Puedo ver cómo la puerta se abre y el cuerpo desnudo de mi tía cruza el umbral, su pobre carne verdeazulada retumbando en cada paso, el kohl embadurnado en los párpados sobre la piel grisácea, su boca y su lengua púrpuras, las manos extendidas hacia delante, a la busca.

Cuando sus ojos me encuentran, sé que ella no está ahí, dentro de ese cuerpo cundido de larvas. Un horror ajeno anima el cuerpo de mi tía. Percibo que se sostiene como un inválido en los muros sólidos de su memoria, ese laberinto de vísceras; siento cómo crece con los vínculos luminosos que encuentra dentro de ella. Cómo se fortalece con *nuestro* vínculo.

Porque fui yo, fuimos nosotros, los que alguna vez los amamos, quienes construimos el puente que los ha traído hasta nuestra carne viva. Todos los que ahora gritan ahí afuera urdieron su propia mortaja.

Atados para siempre a la marea del amor. Ah, la familia.

Noto el hambre en los que fueron los labios de mi tía, que se entreabren blandos. El horror me muestra las encías, brillosas y repugnantes como esmeraldas pálidas.

Mientras sus dientes se hunden en mi brazo, el veneno me concede un solo movimiento: mi boca se abre para gritar, y el alarido es como otro puente que me lleva a cruzar el río.

La puerta de casa de los abuelos se abre despacio, a manera de resignada bienvenida.

Como cada vez

Karen Chacek

En mis sueños los protagonistas son ancianos de piel arrugada. Es como si en la memoria albergara únicamente recuerdos del futuro. El agua caliente siempre remueve algo, a veces bromeo con la idea de que ya he desparramado en la ducha todas mis remembranzas de tiempos anteriores.

Cuando salgo a dar mis paseos matutinos, veo a los viejos asomados a la ventana. Sé que me observan inquietos y que, aún después de décadas de pacto, ninguno me tiene confianza; tan pronto nuestras miradas se cruzan, sonríen nerviosos o se ocultan detrás de la cortina. Para mí son como carne caduca en un estante del supermercado, pero no quiero ser descortés y evito decírselos.

Somos todos veteranos de la colonia, yo he atestiguado las remodelaciones de sus casas y ellos me han visto rondar las calles durante años, cuando voy de ida con las ropas pulcras, o cuando regreso salpicada de motas escarlata… siempre a solas, o casi siempre. Todavía conservo la esperanza de enamorarme algún día.

He conocido habitantes de ambos mundos, en cuestión de tácticas de conquista no hay mucha diferencia. Unos y otros se declaran atraídos por mi belleza cruda, mis heridas visibles. Y ese mismo argumento que utilizaron para interesarme, lo emplean después en la despedida. A veces pienso que mi honestidad los intimida.

Cuando visito mi colección de fotografías me río de aquellos primeros años en los que jugaba a esconder mis suturas y maquillaba de colores los cierres. Yo sólo quería regresar a ser parte de la estirpe en la que nací, la única que conocía. Pero las heridas tienen vida propia y detestan ser ignoradas, no respetan lugar ni ocasión, sangran por atención hasta que la reciben y no hay vendaje infalible.

En ese entonces me sentía abandonada, un capricho retorcido de la naturaleza, dejé el hogar paterno y opté por el autoencierro en habitaciones de techos altos y ventanas pequeñas, trabajaba a distancia y salía sólo al supermercado, siempre con el traje de neopreno puesto. Entonces, un día, en un arranque desesperado, me estrellé contra el espejo del armario. Se me incrustaron ocho fragmentos triangulares entre el cuello y el muslo. Mientras los desprendía tuve una revelación: descubrí que podía dejar de ser víctima y convertirme en mi agresora perfecta. Ser insolente y escéptica, olvidarme de las relaciones platónicas, nunca más conformarme con lamer únicamente los coágulos de mis heridas. Exponerme a salir al mundo, sin protección... descubrir que hay más extravagancias habitando el planeta, aparte de mí.

Ahora disfruto a raudales verme las cremalleras y palpar con las yemas de mis dedos lo frío de sus dientes metálicos, procurarlas para que el cierre se deslice de abajo hacia arriba, y viceversa, con suavidad. Hay que lavarlas a diario para evitar que la sangre seca o los tejidos muertos estropeen su mecanismo.

Mis enamorados siempre se hacen los valientes, me cortejan con platillos exóticos, originarios de alguna provincia perdida en Oriente, se exhiben por la ciudad en mi compañía, aunque nunca me toman de la mano en los lugares públicos.

En el juego cuerpo a cuerpo, a veces les dejo vacilar con el medallón de alguno de los cierres. Cuando insisten, y el timbre de su risa me gusta, sonrío y les permito deslizar el cierre hacia abajo y abrir lentamente la sutura elegida. La del pecho es la más popular.

La mano siempre les tiembla la primera vez y nunca se esperan el golpe auditivo de mis latidos al momento de abrir la herida. Como impulsado hacia atrás por un puñetazo sonoro, a más de uno lo he visto brincar fuera de la cama, vestirse a prisa con el rostro pálido y pretextar que el ruido es ensordecedor, que le impedirá pegar un ojo durante la noche y que al día siguiente, muy temprano, debe asistir a una cita de negocios importante.

Hay otros que se animan a introducir su mano por la abertura y posarla directo sobre el músculo caliente, pero… después siempre se giran hacia el otro lado de la cama y los escucho respirar intranquilos. Finjo dormir y aguardo a que se levanten silenciosos, recojan su ropa y se marchen. Subo el cierre y, según mi humor del día, suelto una risotada escandalosa o suspiro.

Pertenezcan a uno u otro mundo, su pulsión original es siempre una y la misma: desgarrarme y después suplicar que yo los lastime.

Casi nunca hablo de mis heridas y eso, he notado, los mortifica; no soportan la idea de que las rasgaduras que han infringido, aun las más profundas, puedan, eventualmente, dejar de ser memorables para las mujeres que las portan.

Preguntan, afligidos, si es que el agresor, cuyo nombre yo siempre omito, significó tan poca cosa en mi vida. Pobrecillos, cómo explicarles que jamás existirá mejor agresor que una misma.

Cuando estamos bajo las sábanas bañados en sudor, fluidos y plasma, y ellos enredan sus piernas con las mías, es sólo cuestión de tiempo para oírlos tragar sangre y exhalar un: "Estás muy callada… ¿en qué piensas?" Lo veo en sus miradas encendidas, que me recuerdan de pronto a las de los muñecos de baterías, ansían que responda: "Pienso en la herida, en la que acabas de hacerme".

Pero yo únicamente sonrío y les acaricio el rostro. Lo detestan. Alguien, cuyo nombre no mencionaré, me llamó hace dos días ofensiva y cruel por buscarlo de nuevo, después de que la noche anterior me abandonara en el pozo junto a una *ella* y los cuerpos de las demás.

No pude convencerlo de mis buenas intenciones, ni siquiera cuando me dispuse a cumplirle la fantasía de la que él tanto alardeaba al calor de las botellas de sake y los bocadillos de arroz; que lo devorara lentamente, murmurándole al oído que cuando sólo quedaran sus huesos sobre la madera, yo me abandonaría a morir de inanición junto a él... eso último, claro, yo nunca lo iba a cumplir, ni él se iba enterar.

Como cada vez, regresé a mi recámara y destapé·la botella de gin, abrí la sutura de la sien y vacié un cuarto de litro en ella para marearme la cabeza. No hay diferencia si el romance dura un día, tres semanas o dos meses, al final todos lloran y me repiten a la cara que les recuerdo a ella, siempre hay una maldita *ella*.

Sin duda, en mis paseos matutinos agradezco todas y cada una de las veces en las que escucho a los viejos quejarse, prefiero eso a oírlos rememorar los años mozos de sus vidas. Me importa un bledo si presumen de historias ficticias, lo que detesto es escucharlos hablar de amor, antojarme un manjar que ya no se fabrica en esta era.

Hay noches en las que la ansiedad me mantiene despierta y los visito en sus habitaciones sofocantes, los miro dormir entre vapores rancios y paredes manchadas de amarillo, maldigo porque ellos no sueñan con otros ancianos, como lo hago yo: ellos recrean historias de amor y eso los mantiene respirando.

Sala de recuperación

Antonio Ramos Revillas

La tierna y fresca carne de un bebé. La piel rosada que se deshace como mantequilla. La nuca que se puede abrir de una mordida… los dedos regordetes que truenan en la boca… las rodillas jugosas… la sangre… Prentice se sonroja al pensar en aquello. Le viene el sudor rápido a las palmas de las manos, se sofoca, pero no puede evitar la húmeda sensación en su boca que ha generado saliva después de que pasó una noche de insomnio, además la ronquera le resecó el paladar y los labios; siente la garganta áspera, la mandíbula que se tensa.

Es evidente para el doctor Walker que Prentice aún no está curado del todo. Garabatea en una pequeña libreta verde, y suspira. La máquina para pasar diapositivas se apaga y el doctor enciende las luces. Se acerca a un gran espejo en la habitación y murmura algo que Prentice no logra entender. Sabe que del otro lado los observan.

Prentice mira al espejo pero el doctor Walker truena los dedos para llamar su atención y él se sonroja al ser descubierto mientras espía. Aún queda sobre la pared la sensación de la piel y la carne que ha sido expuesta. Prentice se sonroja, se lleva las manos al rostro como si fuera a limpiarse una lagaña, pero en realidad quisiera salir corriendo de ahí. En sus ojos vacila un viejo dolor, pero el doctor Walker no parece estar de ánimo para continuar con aquello.

—Prentice, ¿se ha tomado las pastillas? ¿Se ha tomado lo que le deja la enfermera por la mañana? El tratamiento es costoso y esas pastillas son regenerativos que se acompañan con las dosis aplicadas vía intravenosa.

El hombre asiente con la cabeza, se lleva las manos a la parte interna de los muslos e inclina la cabeza con las imágenes del bebé que aún danzan, pornográficas, en sus pupilas. Prentice lleva puesta una ropa arrugada de color verde quemado. En el pecho está su número de paciente, pero él piensa en ocasiones, sobre todo últimamente, que más bien es su número de prisionero. Desde que ingresó al centro hospitalario no ha vuelto a salir. Los pantalones le quedan grandes y el elástico que sirve para ajustarlos ya se encuentra flojo. La camisa tiene algunas manchas de sangre que ninguna lejía ha logrado erradicar.

El cuarto también huele un poco a cloro, pero Prentice no logra reconocer ese otro aroma como a papas hervidas y harina que también flota en la habitación. Las cocinas no deben de estar lejos, pero agradece que puede volver a percibir los aromas, los pálidos olores que llegan de todas direcciones, algo que no podía hacer meses atrás. Desde que fue "recuperado", el sentido del olfato ha sido de los últimos en aquietarse, en volverse manso. Prentice ha batallado para tomar noción de él.

Aún recuerda aquellos primeros días tras la recuperación, la bruma que eran sus sentidos, el paladar escaldado, la piel que parecía papel maché. De aquellas semanas sólo tiene la presencia de la luz: un haz cenital que danzaba sobre sus ojos y que con los días se iba volviendo más gris y le dejaba de nuevo la sensación del mundo, de apoderarse de él. Después recuperó el sentido del gusto, barrido por los meses de sólo alimentarse de saliva y la ocasional carne que le llegaba a la boca. No le agradaba esa sensación: la lengua acartonada, roma, podría decirse que desbastada.

—Prentice… —murmura el doctor—. ¿Se encuentra bien?

El hombre asiente y extiende un poco las piernas. Le gusta la sensación de las manos en la parte interna de los muslos, le produce una incierta sensación de paz, de control. Con los días ha descubierto que otros pacientes tienen manías similares: a Hugo, que había sido "recuperado" hacía un mes, le gustaba quedarse de brazos cruzados, a Esther todas las posturas le incomodaban, pero cuando se recargaba en una pared su rostro reflejaba tranquilidad, quién sabe por qué, pero el contacto con los muros parecía detener todo a su alrededor, como había escuchado que el doctor Walker le comentaba a un inspector del gobierno que había ido al centro de recuperación para evaluar los avances de la investigación.

—El proceso de recuperación es lento, pero estoy seguro que pronto podrán volver a integrarse a la sociedad —le dijo el doctor Walker—. Muchos no han tenido esta oportunidad por el estado de degradación de sus cuerpos cuando la revuelta del virus terminó, pero los que están aquí apenas empezaban con los síntomas. Como sabe, recuperar enfermos que apenas tienen un mes es vital para su rehabilitación.

—¿Y es seguro, doctor, que vuelvan a la sociedad? Usted sabe que hay un mercado negro, que el gobierno batalla para rastrear a los que quedan, pero hay tanto loco allá afuera. Hace una semana encontramos un granero donde los ponían a pelear contra hombres sanos. ¿Puede creerlo?

—Tanto es probable que llevaré a mi nieta a que dé un paseo con cualquiera de los hombres y mujeres que están aquí —respondió con seguridad el galeno—. Nada es seguro, señor inspector, antes de la enfermedad pensábamos que todo esto era ciencia ficción.

Antes de la enfermedad, pero Prentice sólo pensó en integrarse a la sociedad, integrarse.

—Le voy a pasar una nueva diapositiva y quiero que me diga qué piensa —insiste ahora el doctor Walker que vuelve a apagar la luz y el haz del proyector reproduce sobre la pared de ladrillos blancos la imagen de una mujer.

Es una bailarina; se contorsiona mientras realiza ejercicios de calentamiento para alguna función. Extiende los brazos, los dobla, luego dirige al cielo las piernas, las flexiona, inclina el torso, después desliza las manos por su cintura. La cámara hace acercamientos al cuello, a los tensos músculos en los omóplatos, los codos que parecen cobrar vida, esa carne apetecible, magra, deliciosa.

De nuevo el doctor enciende la luz, pero en esta ocasión Prentice hace como si no hubiera pasado nada, aunque por dentro la lengua y los dientes se le aprietan con un deseo por acercarse a la pared y morderla, por llevarse esa piel a la boca, por olerla, por estrujarla. Un jirón de esa piel, como una raya infinita que se desliza hasta su estómago: oler esa carne, su textura fresca.

—¿Qué piensa de esto, Prentice?

El hombre niega con la cabeza y tartamudea en un principio.

—En el arte, doctor.

—¿En qué clase de arte?

Prentice vuelve a negar con la cabeza. El arte. ¿Qué era? Le llegan imágenes de su vida anterior, antes de ser presa de aquello. El arte, una escena, un hombre que hunde su espada en el tórax de otro y lo arrastra por el campo atado de pies, frente a su padre. La escena de un ojo rebanado por una navaja. El grafiti en una pared.

—Es arte.

—Pero qué clase de arte.

—Danza.

El doctor Walker sonríe y vuelve a mirar hacia el gran espejo en el muro y sonríe.

—Muy bien, Prentice, muy bien. Por hoy hemos terminado. Espere a que vengan por usted.

El doctor Walker extiende la mano y le sonríe. Prentice lo saluda y le devuelve el gesto, aunque una corriente de electricidad lo invade al sentir aquella piel suave y fría. Ceremoniosamente, el doctor Walker toma su libreta verde y la guarda en un maletín. Se despide nuevamente con un ligero asentimiento y sale. Prentice espera unos minutos a que el doctor vuelva o en su caso el enfermero que siempre lo llevaba al pabellón Z, pero nadie aparece durante varios minutos. Empieza a sentirse incómodo. Le duelen los nervios, pero las imágenes de aquella carne fresca y después el video de la bailarina, los acercamientos casi pornográficos a tendones y codos lo distraen. La luz mortecina cae de manera sesgada desde las altas ventanas en la habitación: una luz sucia, como raspada por un gran colador. Prentice se levanta y le da vueltas a la mesa, pero entonces tiene la urgente necesidad de llevarse las manos de nuevo a los muslos internos. Quiere hacerlo, casi se muerde los labios por hacerlo, pero sabe que lo observan desde el espejo de cristal. Se acerca al muro y se recarga en él cómo lo hacía Esther; casi puede sentir la piel de la bailarina danzando ante él, los codos, las rodillas pulidas y duras que pueden chocar contra sus dientes...

Es entonces que abren la puerta y aparece un enfermero con una mujer pequeña, casi sin rasgo de edad, pero Prentice calcula que no debe de pasar de los treinta años. Está esposada y lleva un bozal. Prentice nota la mirada errabunda, los dedos crispados, el sudor que perla sobre el cuello y la frente. El enfermero la sienta y le quita las esposas y el bozal. Es otra "recuperada", pero en una etapa previa de su rehabilitación. Prentice dirige sus ojos hacia el vidrio y se acerca para golpearlo suavemente mientras la recuperada empieza a resoplar desde el otro lado de la mesa. Las pupilas se le han dilatado y los dedos empiezan a crispársele. Rápido, Prentice sabe que la mujer no sólo se encuentra en una etapa previa de sanación, sino tal vez en las primeras, cuando el cuerpo ha recuperado ya su elasticidad, cuando casi todas las funciones biológicas funcionan con cierto compás, como le ha dicho el doctor Walker, pero el cerebro, acaso lo más difícil de rehabilitar, aún mantiene cierto estado de excitación salvaje, cierta ansiedad y hambre.

Prentice se acerca de nuevo al vidrio y vuelve a tocar, ahora con más fuerza.

—Doctor Walker —musita casi mordiéndose la lengua, porque las palabras aún requieren de mucho esfuerzo, casi monosílabos, no así sus rápidos pensamientos sobre los que tiene más control.

La mujer recuperada le sonríe, pero no como el doctor Walker momentos atrás, sino con una sonrisa errática. Ladea la cabeza un poco y un mechón de pelo resbala por el cuello. Prentice saliva. Se observa las manos y después se pasa la lengua por la parte trasera de los dientes: un viejo sabor le inunda el paladar. Las imágenes previas de la bailarina y del bebé lo tienen en un profundo estado de excitación, pero procura contenerse. De pronto sabe que puede dominarse. Respira profundamente, como le han dicho los doctores. El aire pasa hasta sus pulmones y los infla, la sangre circula a mayor velocidad, respirar, inhalar, exhalar. La mujer en cambio no deja de observarlo: su mirada es una daga; Prentice no tarda en descubrir un hilo de baba que gotea en la mesa como si nunca antes hubiera visto a otro hombre. Se queda alerta, su atención se centra ahora en el espejo en la pared. Y le llega el gorjeo de la mujer: como una cazadora llamando a su manada. El sonido gutural y áspero le eriza la piel. Sabe que de un momento a otro la mujer se lanzará contra él, pero no tiene forma de defenderse.

—Recuperada —dice con dificultad—. Recuperada.

Prentice niega con la cabeza.

—Yo.

La mujer tiene un tic en la mejilla, se da cuenta ahora, piensa en todos los nervios que se mueven para que el pómulo lo haga de esa manera. Y esa noción hace que una sensación de energía le invada el cuerpo. Piensa en tiras de carne, en los músculos de las piernas, en los nervios que unen el corazón y los pulmones, en la sangre, en el hueso, en los dientes rotos que tiene, no todos, salvo algunos y varias muelas también de esos días que anduvo con los otros, cuando asolaban la comarca antes de ser contenidos y, ahora, recuperados.

Es entonces cuando mueve la mesa, agita los brazos y se pone en pie. La observa con atención, hace mucho que no ve a ninguna otra mujer. Prentice observa hacia el cristal e imagina que el doctor Walker sigue ahí, que continúa escribiendo en su libretita y dice cosas sobre él. La mujer rodea la mesa y se le acerca, le nota las uñas negras, con hongos. La mujer se le acerca y sufre una transformación que obliga a Prentice a hacerse hacia la pared. Tira una silla al aproximársele. La mesa produce un fuerte chirrido sobre el piso de azulejos viejos. Aún tiene mucha fuerza. La suya se la quitaron todos los medicamentos: esa sensación de antes de poder con el mundo, de tener fuerza, de vivir casi sin un bocado de carne.

La mujer se le acerca y Prentice está a punto de golpearla cuando ella simplemente se acurruca en su pecho. Escucha su corazón. Aún no controla todos sus impulsos, pero se queda con él y simplemente escucha su corazón que late desaforadamente. Entonces se abre la puerta y entran los enfermeros para llevársela. Tras ellos aparece el doctor Walker, con cierta sonrisa que Prentice no sabe cómo definir. El doctor coloca todo en su lugar, acerca las sillas y se sienta. Lo invita a que él también tome asiento. Extrae de nuevo la libreta del maletín y le pregunta:

—¿Qué sintió al ver a la mujer?

Una serie de cuestionamientos lo acosan. Él procura responder a todos de la mejor manera posible.

—Ha avanzado muy bien, Prentice, tiene ya casi control sobre su ansiedad. Pasó con éxito esta prueba después de que estimulamos su cerebro con carne y piel y le pusimos a una presa a modo… es curioso que no la haya atacado, tenía tan cerca su cuello, una mordida y listo.

Finalmente lo dejan ir. El enfermero lo conduce por un pasillo blanco y limpio hasta su habitación desnuda. Luego cierran la puerta por afuera. Le han dicho a veces, en el área del comedor, que muy pocos pueden volver a reintegrarse a la sociedad, que el proceso lleva tiempo, que se necesita de mucho esfuerzo, pero está dispuesto a pasar lo que sea con tal de volver, aunque no sabe a qué vida.

Se acuesta y se pregunta qué será de aquella mujer, dónde la habrán recuperado, cuánto tiempo llevaba enferma. El doctor Walker le ha dicho que a él lo recogieron en un camino vecinal. Se había caído en una especie de foso que rodeaba una granja como medida de protección. Vagó en ese cinturón durante días hasta que los dueños de la granja llamaron al Servicio Nacional de Rehabilitación. Prentice no quiere decir la palabra con la que los definen en este nuevo mundo lleno de hospitales para gente como él: los recuperados.

El proceso será largo, lo sabe, pero no logra tranquilizarse. Ha sido un día con demasiadas emociones. No quiere hacerlo, pero lo necesita. Antes de irse a dormir, mete la mano en una abertura en el colchón y extrae un alambre afilado que guarda con mucho celo. Se acuesta y se tapa hasta el pecho. El alambre se aprieta sobre sus dedos. Al final, Prentice se pica uno y rápido se lleva el dedo a la boca. Recuperarse, rehabilitarse. El pálido, pero al mismo tiempo fuerte sabor de la sangre le inunda la lengua y lo adormece, hace que sus pulmones se extiendan, que un escalofrío de placer le recorra el cuerpo: la paz, el hambre apaciguada, la ansiedad que se disipa. Mana la sangre, y aunque tiene muchos deseos de morderse el dedo sabe que si quiere salir pronto de ahí deberá de esperar: aguardar por las calles libres, por los cuerpos sanos. Sabe que hoy ha dado un gran paso, pero necesita tranquilizarse, contenerse para ser dado de alta. Poco a poco se duerme: sueña con bebés trozados, con carne hecha jirones, con la mujer a la que, si hubieran estado solos, habría destrozado con una ansiosa dentellada.

Angelito

Arturo Vallejo

Esta mujer había sido muy obstinada, desde siempre. No digas groserías, no te juntes con puros niños, compórtate como una señorita, no te vayas por ese camino, le ordenaba su madre cuando era chica. Esta mujer fue creciendo, pero siguió igual. No salgas con tanto muchacho, no llegues tan tarde, date a respetar. No voltees a ver a nadie, déjame tocarte ahí, tócame aquí, le decían sus novios. Cásate conmigo. No trabajes. Quiero hijos. No quiero hijos. Quiero el divorcio.

Ella siempre hacía lo contrario de todo eso.

Así fue su vida hasta que un día se enfermó. El médico le decía: señora póngase esto debajo de la axila, dese vuelta, diga treinta y tres, tosa, no tosa, tómese esto, hágase estos análisis, siga este tratamiento. Ella no lo hizo y, como era natural, empeoró. En poco tiempo se encontró moribunda y delirante.

Se vio a sí misma tendida entre flores. Estaba hermosa, con un vestido con encajes, el cabello cepillado y decorado con conchitas. Se encontraba rodeada de su gente cercana. Todos estaban contentos y bebían y cantaban y bailaban. Un gran auto negro llegó para llevársela y el paseo transcurrió lento y tranquilo. Más que un funeral parecía su fiesta de quince años. Finalmente la pusieron en un hoyo y le echaron tierra encima.

Descansa en paz, le ordenaron.

Uno de los brazos de esta mujer salió de pronto de la tierra, su madre lo volvió a empujar hacia dentro y lo tapó de nuevo. No sirvió de nada porque el brazo volvió a salir. Entonces la madre fue por una pala y corrió para golpearlo con ella y obligarlo a regresar. Pero esta mujer fue más rápida, pues salió de su tumba como un zombi.

Y los invitados le pedían no me rasguñes, no me muerdas, no me comas.

La primera en la frente

Ricardo Guzmán Wolffer

El primer combate que tuvieron como pareja justiciera Sepu y el Milanesas no fue nada fácil. Acostumbrados los zombis a pulular en las calles capitalinas entre las turbas de gente de todos lados del planeta, pasan desapercibidos. Es necesario ser un experto para detectar un zombi de día.

De noche es otra historia. El alumbrado público les modifica el color de la piel y son más fáciles de detectar. Así, cuando los zombis recurren al viejo ritual del parlei (la lucha a muerte con la posibilidad de rendirse y ser esclavo de la contraparte), se enfrentan en lugares públicos sin dificultad. Varios parques y plazas públicas son propicios para tales enfrentamientos. En la Ciudad de México hemos erigido la mayor plaza de toros del mundo, pero no debería ser esa construcción motivo de orgullo; contamos con el ring público de más calibre: el Zócalo. Desde las terribles batallas de conquista, donde muchas máscaras se fraguaban y perdían (¿han visto cómo se desfigura el rostro de un guerrero azteca, cubierta la cabeza por la protección hecha con mandíbulas de jaguar? ¿Pueden imaginar cómo quedaba la cabeza de un español reventada dentro de su casco con figuras de dragones?). En el Zócalo se libran las peores batallas del inframundo. Ni se diga de los pleitos de políticos y acarreados, seres inimaginables sin la máscara de mentiras propia del oficio de vivir a costa de los demás y hacer como si trabajaran. El rostro de muchos se transforma en lo privado, completamente ajeno al gesto y características mostrados en horas de oficina: sólo les conocemos la careta partidista. Además, el Zócalo tiene una gran ventaja: lo que ahí sucede a nadie le interesa. ¿Van los maestros oaxaqueños a protestar por los atropellos de caciques tehuanos? A nadie le interesa. ¿Van los electricistas a pedir justicia laboral? A nadie le interesa. ¿Van los deudos de cualquier masacre pública a reclamar castigo para los ratotas culpables? A nadie le interesa. ¿Van los carros alegóricos del bicentenario? A nadie le interesa. Y así al infinito. El abuso de marchas y plantones ha llevado al extremo tan deseado por los políticos: a nadie le interesan. ¿Cómo crear empatía ciudadana con unos fulanos que te obligan a perder un día laboral a bordo de tu coche?

No hace falta poner cuerdas y lona para luchar contra los zombis en el Zócalo. Basta y sobra que cuarenta y un chombis hagan el cuadrilátero con sus cuerpos y los contendientes estarán listos. ¿Requieren rebotar contra las cuerdas o subirse a los postes para hacer un salto con plancha? Usan a los zombis. Total, si alguno se deshace en la lucha, pues se pone otro, que nunca faltan espectadores para tales combates. La media de los zombis mexicanos continúa con sus costumbres de vida: son mirones y pendejos.

Para llegar al encuentro, el policía y el justiciero habían recibido una cita: un papel de baño con restos de algo indefinido y sobre cuyas manchas se leía día y hora para el encuentro con "motivo de la venganza por la muerte de los compañeros caídos en batalla. No traer armas, serán revisados".

Así, Sepu y el Milanesas llegaron a la hora convenida al asta bandera y ahí estaban los contendientes: la enana con huevos y el gigante sin cerebro (y conste que incluso para los estándares zombieros era un descerebrado ese enorme narizón, de bigote pintado y huaraches de charol). Alguna manía tendría de su vida anterior, pues se la pasaba levantando las manos con la "V" de amor y paz. No se podía saber a qué se refería, pues su falta de memoria histórica y personal era extrema. Quien manejaba la situación era la enana, pero como una deficiencia en la boca le impedía hablar fluidamente, apenas un traductor del cantonés podría haber comprendido algo. Sin embargo, la falta de habla no les impedía haber tomado el reto de acabar con los paladines de la justicia. Algunos suponen que sabían leer y escribir y que así recibieron el mensaje.

Nunca se sabrá cómo fue que el resto de los chombis decidieron poner como exterminadores al gigante y a la enana, pero se ha especulado que eso sucedió precisamente porque eran desagradables hasta para los zombis y muchos confiaban en que habrían de perecer a manos de la dupla atómica; otros opinaban que si por casualidad ganaban, igual jamás dejarían de ser odiosos, pero habrían ayudado a la comunidad zombi. Era la típica fórmula de campeones: ganas, si ganan; ganas, si pierden. En fin, incluso los zombis tienen dificultades para comprender su momento histórico; más en México, donde los núcleos académicos están invadidos por seres de ultratumba. Sepu, desabrochándose el saco de tela corriente (el traje obligatorio para todos los operativos "sorpresa") platicaba con el Milanesas mientras iban al encuentro:

—¿No se te hacen conocidos estos cuates? De pronto podrían ser...

El carapuerco lo interrumpió:

—No menciones nunca el nombre de un zombi polaco, porque es convocarlo y luego no te lo quitas de encima. Entre los viejos chombis hay muchas historias relativas al poder del nombre. Como los políticos son seres ávidos de reconocimiento, incluso en la muerte mafufa, piensan que si los mencionas los necesitas y es como colgarte un muerto en el cuello: es una bronca quitárselo de encima. Ni los santeros del mercado de Sonora se atreven a hablar de los chombipolacos por su nombre. De ahí que se les pongan apodos.

—¿Y quién se enteró de eso?

—Mira, hace unos años hubo una reunión en el restorán "Del petirrojo", ahí en el centro, y alguien mencionó a Porcayo Puerco Porfiado, también llamado el Porfichombi, y eso que éste todavía militaba en el partido que le dio nombre y fama. Pues que llega de inmediato, todavía olía a bacachá el desgraciado, y el otro ingenuo tardó meses en quitárselo de al lado. Y como el Porcas sólo se alimenta de carne de borracho, es capaz de embriagar a la gente y luego comérsela. No'mbre, es un pleito hablar de los chombis, a menos que les pongas apodos y libras esa maldición.

—Ahora entiendo por qué en los sindicatos hay tanto menso.

Al poder ver de cerca a sus oponentes, el Milanesas tuvo un temblor en el párpado izquierdo: la enana huevuda era repulsiva. En un instante recordó al hijo de uno de sus cuatotes cometacos: "tienes la cara como si te hubiera vomitado un chango, que hubiera comido cucarachas muertas, pisadas por un rinoceronte con diarrea, que usa un tutú, que trabaja en los tiraderos de basura…". Y así se podía estar horas el niño, inventando porquerías para acentuar lo terrible del rostro de su interlocutor.

La cara de la enana era indescriptible, apenas se podía ver la boca zipizape, con el clásico gesto de la lengua entre los dientes salidos y la boca llena de maquillaje barato para intentar tapar los huesos. La estopa, arreglada como si fuera peinado de moda, lograba emular a una corona de niña cursi: si uno suponía que era el cabello de la muerta, era terrible; si se le imaginaba pelona y con ese pedazo de tapete descompuesto en la cabeza, era peor. Y los ojos, esos huecos con pestañas postizas podrían tener llamas adentro y serían menos impactantes. El efecto era devastador sobre el contrario. La guerra sicológica en su más refinada expresión.

Ante la presencia imponente del gigante sin cerebro, por la altura y la postura corporal de simio tratado con prozac pasado, la enana contrastaba para evidenciar que en su boca maldita se podía consumir cualquier persona o país. Sepu, acostumbrado a tratar con delincuentes y a ver narcofosas de inmigrantes con olor a guiso centroamericano pasado, no tuvo tanta dificultad con tamaña visión, pero una fibra en su interior supo que estaba ante la pareja que encarnaba la maldad más abyecta: la que se solaza en la propia pendejez asumida.

Sepu, más acostumbrado al trabajo en dupla, le susurró al Milanesas:

—Esto va a estar bueno, pero usté no se me raje, desgraciado. Nomás déjese guiar por el corazón, que su corazón lo lleve a destruir la maldad.

—¿Y cómo funciona esto de la lucha zombi? Yo nomás he desaparecido a uno que otro, pero no sabía de esta organización aparente. Además, no veo ningún árbitro.

—Mi puercomán, no se me alente. Estos son zombis y esto es la luchombi: no hay reglas, no hay tiempo, no hay más que salir vivo. Y esto de la Federación Universal de Chombis Indios (FUCHI), pos es nuevo para todos. En la policía ni se imaginan que hay muertos vivientes. Apenas mi comandante medio se entera, pero mejor es que nadie lo sepa; menos la perrada policiaca, ya son bastante manchaditos con la ciudadanía como para todavía sugerirles que pueden patear a quien parezca ser de ultratumba. Ya andarían golpeando a mucho manifestante profesional o a uno que otro universitario que ahorra el agua mediante el desuso de la regadera. Eso por un lado. Por otra parte, de por sí la gente vive en pánico con la pinche violencia y los miles de cuerpos desperdigados por todas partes y publicitados por los medios de comunicación, más preocupados en vender que en inquietarse del impacto sufrido por niños y adultos al ver todos los santos días cadáveres de torturados y de mutilados. Digo, no es como que se pueda evitar hablar de tanta masacre, pero sí podrían ser más responsables a la hora de informar. En fin. Pues ahora imagínese que se enteran de que están rodeados de zombis, pues sería la locura. No se me distraiga, mire a su alrededor. Concéntrese, chingá. Por la disposición de los que nos rodean formando el cuadrilátero, entiendo que esta bronca es libre y de a como salga. Acuérdese de que los chombis son eternos, pero sólo si están completos de la cabeza.

El Milanesas sonríe mientras contesta:

—Hace poco le partí la jeta a varios, y con decapitarlos o aplastarles el esternón para dejarlos sin corazón, ahí se quedaban y casi de inmediato iniciaba la descomposición. Pero me fijé y algunas partes, como manos, pies y lonjas, se seguían moviendo, incluso cuando el resto del cuerpo se había hecho papilla: tengo mis dudas.

—Igual traían bichos adentro. Me ha tocado matar muertos con sus mascotas guardadas en la panza o en las nalgas. Y ni te imaginas los animales que llegan a traer dentro de lugares impensables, desde lombrices hasta zarigüeyas, pasando por hurones y zorrillos. Todos los bichos eran zombis, por supuesto.

—¿Traes pistola?

—No, me revisaron en la salida del metro, ¿tú?

El enmascarado de grasa mostró los dientes de nuevo:

—Traigo un arma mejor: un bóxer con cubierta de esponja mojada en quitagrasa de cocina. El bóxer le rompe los huesos al zombi y el líquido de la esponja desintegra la dizque carne, que en realidad es pura grasa coagulada. Qué músculo ni qué madres: es grasita, como jabón derretido, pero con elasticidad.

Con cara de sorprendido, el policía revira, un poco divertido:

—¡Ah, jijo! ¿Y dónde probaste esa teoría?

—Uno que es comedor profesional de la vitamina T puede reconocer cuándo hay grasa y de qué tipo. Tantos años de mover el abanico en las taquerías de los metros dejan su huella de sabiduría.

Asintió en silencio, con gesto de respeto:

—Ni hablar, vamos a darles una paliza a estos zombis. Dijeron que después de esta pelea, si ganábamos, acabarían las matanzas nocturnas en los antros, pero, la verdad, ¿quién demonios les va a creer a estos hijos de Satanás?

—Nadie. Nosotros nomás venimos a divertirnos a costa de estas cosas que dicen hablar y pensar. Para mí que ellos también vienen a divertirse, mira que hacer un cuadrilátero para que nos demos de golpes. Si nomás porque la enana ésa está asquerosa, pero de pronto parece que se está riendo.

Ambos saltaron sobre sus oponentes. La enana seguía parada, al parecer anclada por los huevos colgantes. El gigante se había dormido. Sepu cayó sobre la primera y le dio un patadón entre las piernas. Casi llora del dolor: las piernitas flacuchas y asquerosas tenían la consistencia del hierro. El Milanesas le dio de frente un puñetazo seco en la quijada al descerebrado... y el arma surtió efecto: la cara se abrió por el golpe y comenzó a desbaratarse, precisamente como si la grasa fuera perdiendo cohesión. Todavía alcanzó a condecorarle la frente con otro martillazo dactilar. Unos quejidos "oy, oy, oy" salieron de su rostro antes de que se consumiera como jabón en caldero hirviente, para sentarse por siempre en el rincón de la muerte. Entre más altos, más fácil caen, se dijo Sepu, contento con el éxito del bóxer matachombis. Bien sabían que la enana era la peligrosa, y no el otro tipo que se habría de perder en el tiempo como lágrimas en la lluvia.

Escuchar que burbujeaba el cuerpo de su esclavo incondicional levantó de su marasmo a la enana, y con un movimiento inesperado de lengua comenzó a hablar en zipizape, logrando que sus ondas auditivas chocaran con los órganos del equilibrio de sus atacantes. El Milanesas, experto en maniobrar en los microbuses a velocidades asesinas, pudo mantener la verticalidad y con un jab prodigioso, le clavó el bóxer quitagrasa entre los dientes a la reducida. El impacto hizo eco en Palacio Nacional. Aunque la enana había perdido su principal arma de ataque, pronto se vio que además de mentir con descaro tenía manos prontas para agarrar cuanto tuviera a su alcance: tantos años de robar en despoblado la habían hecho una maestra en el arte de clavar la uña. Ahora fue sobre un brazo del Sepu. Venturosamente la tela baratona de su traje era tan fea como resistente, así que la uña asesina resbaló para hacerle perder el equilibrio a la horrible zombi. Dio de cara contra el suelo. Ahí fue su perdición: si algo distingue a los policías es la facilidad de patada sobre el enemigo caído. Hasta agrietarse las suelas y el empeine con los líquidos purulentos de la desgraciada, la pareja justiciera dio rienda suelta al enojo popular contra esa abusiva enana que había profanado al descerebrado y, a través de él, a muchas víctimas inocentes. Al final, sólo quedó el tronquito compactado de tanto patearlo contra la pared de chombis, muchos también asqueados de recibir los salpicones.

Los vencedores levantaron los brazos y corrieron en círculos dentro del peculiar ring, gritando por su victoria. Súbitamente, cuando parecía que las paredes metahumanas se les vendrían encima para arrasarlos, saltaron sobre una fila de zombis y se perdieron en las calles del centro, ciertos de que su triunfo habría de sonar en las mentes de todos los muertos golosos. Era una época salvaje, donde los buenos luchadores (¿sociales?) no tenían razón de ser y la más brutal de las desviaciones era lo cotidiano.

Señor Z

Carlos Bustos

I

Él era el amante que vino con la marea y sólo la marea me lo
podía quitar. Lo conocí la noche de la tormenta, semanas después
de comenzado el brote de *difuntos activos*, que era la manera como
los llamaban en los países al otro lado del mar, donde todo inició,
y que me parecían tan lejanos de mi realidad inmediata. Cuando
la lluvia alcanzaba toda su fuerza corrí a refugiarme bajo el toldo
de un restaurante cercano al puerto. Las calles estaban desiertas:
era tarde y el aguacero había ahuyentado a todos, obligándoles a
refugiarse en sus casas. Yo estaba bajo el toldo, por el que se cola-
ban los escombros del agua, un poco pasada de copas después de
mi incursión desafortunada por los bares y tabernas de la zona;
fatigada de no encontrar a nadie que valiera la pena para hacerme
compañía. La soledad me había golpeado de muchas formas en diferentes instantes de mi vida, pero sentía que este era el peor de
todos. Estaba a punto de darme por vencida, entonces vi a aquel
hombre que atrajo mi atención por su manera de sortear la lluvia
con sus movimientos rígidos, su caminar oscilante y sus ojos gla-
ciales como de pez, asomando bajo la mata de cabello que brotaba
de aquella cabeza un poco prominente.

Apareció al otro lado de la calle, por el sendero que provenía de
los muelles. Fijó su vista en mí mientras cruzaba la vía, sin sonreír

ni hacer gesto alguno que alterara la trayectoria de las gotas de agua sobre las facciones de su rostro gris como el cemento. Un automóvil dio vuelta en la esquina con los faros apagados y los limpiaparabrisas muertos. El conductor frenó al verlo y los neumáticos derraparon levantando crestas de agua que golpearon las farolas encendidas. A pesar del brusco viraje, el guardafangos del auto alcanzó a golpear de costado al hombre del impermeable oscuro que no hizo ningún intento de correr o esquivarlo, aun cuando notó que se le venía encima. El hombre —del cual yo no sabía todavía su nombre, pero deseaba saberlo— rodó hasta quedar inerte a un lado de la boca de la tormenta. El conductor aceleró escapando a toda prisa. Yo me quedé de pie resguardada en mi sitio, sin saber qué hacer, paralizada por la sorpresa; de pronto, lo oí quejarse, y mientras él trataba de incorporarse, salí de mi inmovilidad y logré asirlo de un brazo justo cuando parecía a punto de caer de nuevo. Lo arrastré debajo del pabellón; él rodeó con su brazo mi cintura y con el otro, colgando sobre mi hombro, rozaba mi seno izquierdo. Lo refugié contra la pared preguntándole cómo se sentía, pero él sólo boqueaba al igual que un pez exento de branquias, o que al menos permanecían invisibles para mí. Entonces se derrumbó sobre mi hombro y cerca de mi oído gruñó con un sonido apagado por la lluvia que aparentaba decir "Llévame contigo". Aguardé en silencio, el hombre no dijo nada más. Pude preguntar a dónde pero bien sabía lo que me estaba pidiendo; también podía buscar un "libre" y llevarlo al hospital más cercano, pero presentí que no era lo que él deseaba, ni yo tampoco.

En todo el trayecto en taxi, el hombre del sobretodo oscuro no emitió palabra, permaneció con los ojos cerrados y la cabeza recargada contra mi hombro, pero con su mano húmeda y fría a la vez hurgando bajo mi falda, reconociendo el territorio de mis piernas y muslos, el horizonte secreto más allá de mis bragas.

II

Entramos a mi departamento ya fusionados en un solo cuerpo; su recuperación fue milagrosa: una vez que el taxi nos dejó a las puertas del edificio donde vivo, el hombre del abrigo oscuro —por todo lo sucedido no se me había ocurrido preguntarle su nombre— me giró el rostro con brusquedad y me besó en los labios. Más bien intentó devorarlos, pero sus dientes eran pocos y estaban desgastados; sentí su lengua dentro de mi boca como un trozo de cuero atrapado en la prisión de mis dientes. Tan de improviso fue su arranque pasional que su saliva, espesa como un gel, me corrió por el doblez del cuello hasta el comienzo de mis senos.

Subimos los siete pisos del edificio entregados a una pasión apresurada: en cada uno de los descansos de la escalera lamió mis hombros libando los últimos rastros de humedad dejados por la lluvia, succionó mi cuello y mordisqueó mis orejas mientras pronunciaba gemidos que quise creer sonaban obscenos, pero que en realidad eran de un lenguaje que no pude entender.

III

A lo largo de las semanas —no sé cuántas, perdí la cuenta—, el departamento se convirtió en nuestro único hábitat. La ciudad había desaparecido a nuestro alrededor. La gente, con su desesperación y su prisa incomprensible y las malas noticias sobre la plaga de muertos vivientes que se iba extendiendo más allá de sus fronteras originales, habían dejado de tener importancia para nosotros. Mi amante —de quien no sabía aún su nombre, pues ésa era otra de las cosas que también habían perdido su importancia— y yo nos dimos a la tarea de crearnos un departamento nuevo para cada día. Con fuerza de voluntad inventamos nuevos aposentos, agregábamos ventanas con vistas a lugares imposibles donde sólo había un muro; una vez construimos un puente que cruzaba el río Amazonas en que se había convertido el baño, despojado de la regadera en un momento en que me colgué de ella para rodear con mis piernas el rostro de mi amante en tanto él se alimentaba ansioso del zumo de mi cuerpo. No hubo lugar en el departamento en que no rehiciéramos el amor —y digo rehiciéramos porque el amor ya está hecho, nosotros sólo lo reinventábamos a nuestro modo—. Y esto se repitió durante días por todo el departamento, mientras nos dedicábamos a jugar los juegos de la edad tardía.

IV

Una mañana, después de días y tardes lluviosas, amaneció despejado. Los rayos del sol entraron de lleno por la ventana de la habitación, deslizándose por las paredes hasta golpear de lleno en mi rostro, obligándome a despertar. Miré hacia la zona oscura del lecho en que mi amante aún dormía y me levanté procurando no hacer ruido. Entré al baño y mis pies se sumergieron en un líquido opaco que era agua estancada. Crucé el recibidor y vi el desorden de muebles, de cortinas húmedas y cuadros caídos; entré a la cocina y por primera vez en semanas me percaté del desastre en que vivíamos y en el que teníamos hundido al departamento. Además, ya casi no había alimentos en la alacena y necesitábamos con urgencia detergente y otros artículos para la limpieza. A pesar de lo mucho que me molestó la idea, tenía que salir a hacer las compras.

Hurgué entre los cajones buscando lápiz y papel para dejar un recado a mi amante; papel hallé, pero no con qué escribir. Y como todavía era temprano —y mi amante no solía despertar antes del mediodía— decidí ir a toda prisa. Él ni siquiera notaría mi ausencia. Pero a pesar de que era sábado, las filas de gente en la tienda acabaron con mis esperanzas de regresar pronto. Todo mundo hacía compras de pánico, avanzando por los pasillos con los carritos del supermercado atiborrados de latas y botellas de agua. Los murmullos ansiosos que se podían escuchar mientras esperábamos en la fila eran que las criaturas *comesesos* habían logrado desplazarse de su lugar de origen marchando bajo el mar y no tardarían en invadir nuestras costas. Yo me reí de semejante paranoia. Siempre era lo mismo. Estábamos enamorados del drama, de la tragedia en nuestras vidas. Cuando no era un virus nuevo se trataba de una guerra, un error de la naturaleza o una profecía que auguraba el fin del mundo. La calma resultaba aburrida; el peligro latente, aunque se tratara de una oleada de muertos errantes, era excitante. Le agregaba cierto sabor, cierta importancia a nuestra rutinaria existencia. Pero no a mí, yo tenía todo lo que necesitaba por el momento.

Al llegar al departamento encontré la puerta abierta; mi amante se tambaleaba de un lado a otro de la sala, esquivando vasos olorosos a vino, ropa sucia, restos de comida, o pateándolos fuera de su camino. Vestía sólo los pantalones de la piyama, llevaba los pies descalzos y el pálido torso desnudo. Apenas me vio, avanzó chillando hacia mí con los brazos extendidos y la madeja de cabellos descoloridos alborotados en su cabeza de pez, y con un violento empujón me arrojó al suelo. Solté las bolsas con las compras y las latas rodaron hasta chocar contra la pared. Mi amante me pateó en el estómago, tomó una lata de salsa de tomate y me la arrojó en el rostro; yo me cubrí con los brazos, lloraba y gritaba implorando su nombre —el cual aún no sabía, como no sabía que se enfurecería más cuando, al tratar de adivinarlo, le dije una lista de nombres de los cuales ninguno resultó ser el suyo—; y sus golpes se prolongaron, cayeron sobre mí como una lluvia de piedras, hasta que pude oler el perfume de mi propia sangre; entonces él se detuvo, miró su obra, y me tomó en brazos. En sus suaves lamentos entendí que me pedía perdón; tal vez había supuesto, cuando despertó al mediodía y no me encontró, que lo había abandonado para buscar a alguien más. Pero yo comenzaba a verlo bajo un ángulo de luz diferente; observé la torpeza de aquellas manos agrietadas y sin color que acariciaban mis mejillas y que luego con un cierto temblor de ira me acariciaban los moretones. En ese momento empecé a detestar la manera en que me sonreía alzando de más el labio superior, de un repelente gris azulado; me molestaba la forma en que modulaba sus quejidos de arrepentimiento para hacerme sentir culpable; y no podía dejar de observar su cabeza de pescado, más voluminosa que el resto del cuerpo. Yo fingía sonreír cuando me hacía un gesto de cariño o un guiño de complicidad, sin embargo, retiré su mano con cierto disimulo cuando intentó acariciarme un muslo.

Para estar lo menos posible con él, tomé como pretexto que tenía que poner en orden el departamento, y si durante este proceso se me acercaba por detrás e intentaba morderme en el cuello, lo esquivaba alegando cansancio, "después, ahora no, ¿qué no ves que todavía me falta mucho por hacer?"

Por la noche, preferí quedarme viendo la televisión mientras él me jalaba del brazo, rezongando, para que nos fuéramos a la alcoba. Finalmente, al ver mi negativa, se marchó tambaleante a dormir solo. Me froté el brazo con árnica; tenía el cuerpo entumecido por los golpes y sentía que mi cabeza se desmoronaba por dentro cada vez que me ponía de pie o me inclinaba para recostarme. Las lágrimas volvieron a quemar mi rostro. Un rencor crecía en mí cada vez que recordaba el lenguaje de su rostro mientras me golpeaba; era una voz cruel, llena de odio y vanidad que decía que yo era de su propiedad, que no debía poseer más sentimientos que los que él decidiera que debía tener. Mi amante era un monstruo, un monstruo egoísta.

En los días siguientes hice lo posible para ocultarle a mi amante la indiferencia que sentía crecer en mí. Deseaba cobrarme la humillación de sus golpes, de su egoísmo disfrazado de pasión; así que me comportaba como si nada, pero ya no me sentía tan húmeda como la lluvia que comenzaba a caer de nuevo allá afuera. Seguíamos haciendo el amor, sólo que sus movimientos extravagantes ya no me motivaban; por lo mismo dejé de alimentarlo con mi colmena, que destilaba una miel agria, junto con mis pechos que se transformaron en piedras ásperas de un gusto amargo. Además, evitaba besarlo y fingía acabar lo antes posible para quitármelo de encima. No sé si él lo notaba, nunca me decía nada. En cuanto terminábamos, mi amante —del que me alegraba no

saber su nombre—, se envolvía en su sobretodo oscuro y salía a
dar un paseo bajo el aguacero. Cuando volvía, yo ya estaba dormida y encontraba la cena servida en la mesa, llevando mi toque
único: escupía en su plato con sopa. Después de esto, me dediqué
a inventar toda clase de juegos para castigarlo. Todos los días le
preparaba un batido de avena endulzado con cuanto bicho muerto
encontraba debajo del fregadero; una vez se le quedó en la lengua
el ala de una cucaracha, me la mostró con un gemido interrogante
para que identificara el ingrediente: "granola, muy nutritiva", ase-
veré, y seguí masticando mi bocado como si nada.

En el arte culinario encontré tan variadas formas de torturar-
lo como mi imaginación lo permitía: capuchino espolvoreado con
polvo de ladrillo, mocos en el flan sustituyendo a las pasas, vellos
del pubis revueltos en el chop-suey, hormigas muertas en las len-
tejas, capas de cerumen adornando el pay de queso, gelatina hecha
con agua del retrete, y un sin fin de deleites más que me entrete-
nía preparando para cada día. Y cuando él se sentaba a la mesa y
comía confiado todo lo que yo le ofrecía, observaba satisfecha mi
venganza; le veía débil, desprotegido, insignificante, dependiente
de mí y de lo que yo quisiera hacer con él. De esta manera, me iba
creciendo una confianza que me hacía sentir cada vez más pode-
rosa, más dueña de su vida que él mismo; yo podía controlarlo,
destruirlo si quería. Sin embargo, las cosas cambiaron. Dejó de ce-
nar y sus paseos nocturnos se prolongaron más tiempo del usual.
Volvía empapado por la lluvia, sólo se quitaba el abrigo y así se
acostaba a dormir, como si yo no existiera.

Cercano al día de Navidad, su presencia en el departamento
se asemejaba más a la de un espectro. No digo que no me prestara atención, pero todo él se sentía distante, como si estuviera sin
estarlo. Esto me hizo sospechar; su indiferencia hacia mí no era
natural y mucho menos un cambio tan repentino. Algo pasaba y,
para descubrirlo, lo seguí en uno de sus paseos nocturnos.

A una distancia prudente lo observé caminar entre el aguacero
con esos movimientos erráticos de todo su cuerpo, como si sus ar-

ticulaciones estuvieran rotas o sus miembros estuvieran hechos de piedra. En ese momento, no me pude negar que todavía me quedaba el lastre de un sentimiento por él. Llegó hasta una esquina y esperó bajo el toldo de una frutería hasta que lo vi reunirse con otra mujer y, después, arrastrarla hacia las tinieblas de un callejón. Los chillidos de ella fueron apagados por el fragor de los truenos en el cielo.

No tuve que mirar más. No quise. Regresé a mi edificio sintiendo las vísceras llenas de agua helada. Subí al departamento, tomé una silla y me senté a esperarlo. Las manecillas del reloj se unieron a las doce en punto. Mentalmente me preparaba para la carga de palabras que pensaba soltarle. ¡Cómo era posible que me hubiera engañado de ese modo! Después de todo lo que había hecho por él, de mi cariño incondicional, de mis desvelos por atenderlo y cuidarlo... ¡Bastardo desagradecido! Me descargué llorando mientras golpeaba mis muslos con los puños cerrados; estaba castigándome por no haberlo sabido retener a mi lado; me recriminaba en qué había fallado; ¿por qué ahora era blanco de su ingratitud?, yo que todavía lo amaba, lo necesitaba como el pez a las profundidades para crecer, para resplandecer con todas mis escamas color plata.

La llave penetró en la cerradura y la puerta se abrió como el ala de un ave monstruosa que arrojó una sombra sobre mi rostro. Mi amante se adentró tratando de no hacer ruido. Cerró y cuando apenas giraba mostrando su torpeza habitual, me descubrió en el rincón de la estancia. Sus ojos me miraron hundidos, implacables, desde su descomunal cabeza; se despojó del sobretodo y se quedó allí de pie en actitud desafiante. Yo sentía un nudo en la garganta, la rabia me había atrofiado las palabras. Todo cuanto había querido gritarle unos minutos atrás se había convertido en una bola espesa y algodonosa atascada en mi esófago, que no me permitía respirar. Haciendo acopio de todas mis fuerzas, logré expulsar una sola sentencia: "Lárgate de mi vida, cabrón". Él negó con un gesto. Quedé sorprendida ante su negativa. Me abalancé sobre él y lo abofeteé en el rostro mojado; la bola en mi garganta se había disuelto y comencé a reclamarle con gritos de furia y lágrimas de impotencia:

"¡Te he visto con otra mujer! Si ya no me quieres, ¿por qué no te marchas y me dejas en paz, mentiroso de mierda?" Volvió a negar en silencio. Lo golpeé una y otra vez en las mejillas, cuya piel seca pareció romperse como el hojaldre, y al final me derrumbé sobre su pecho sintiéndome impotente, confundida. Él me alzó el rostro con lentitud, como estudiándolo. Dos hilos transparentes corrían bajo mis ojos que observaban su impasibilidad, su resistencia. Se acercó a mi boca, cubriendo la distancia con una parsimonia que me puso a temblar, y cuando creí que estaba a punto de besar mis labios, sus escasos dientes se cerraron salvajemente sobre mi nariz. Un chorro de sangre brotó de ésta y fue a parar sobre su ojo, lo cual lo hizo enfurecerse y me lanzó contra la pared. Caí al suelo como una muñeca rota, él aprovechó entonces para patearme en el abdomen, en el rostro, mientras yo me hacía ovillo para protegerme. Cuando se cansó o se hartó de golpearme, se dio la media vuelta y se tambaleó por la habitación agitado por el esfuerzo. Yo levanté mi cabeza, temblando de rabia, lo miré de espaldas y sin pensarlo me abalancé contra él con todas mis fuerzas. Monté sobre su dorso, le pasé un brazo por el cuello y comencé a arrancarle trozos de cabello seco a jalones; él comenzó a rugir y chillar de forma bestial y trató de deshacerse de mí retrocediendo hasta chocar contra un muro, pero yo me había afianzado con las piernas a su cintura y no estaba dispuesta a soltarlo. Me estampó contra la puerta de la cocina y enseguida contra la lámpara de pie de la sala, en donde el foco estalló con un resplandor azulado. Los vecinos comenzaron a golpear en los muros para que interrumpiéramos el escándalo a esas horas de la noche. Yo seguía aferrada a él como una fiera salvaje, clavándole las uñas en su rostro gris e inamovible como una lápida; giramos con fuerza por la habitación y debido a la inercia del movimiento, mi amante perdió el equilibrio y salimos proyectados por el enorme ventanal del balcón. Un estruendo de cristales rotos cayó sobre nosotros impactándonos los cuerpos, que de inmediato comenzaron a sangrar por cada parte visible, sólo que la de él era viscosa y de color marrón. Nos detuvimos de caer al vacío gracias a la suerte, y también debido al barandal de aluminio, el cual tembló ante nuestro violento ataque, que lejos de terminar se había intensificado. Con el choque contra el ventanal, yo me había soltado de su espalda y había aterrizado sobre un colchón de vidrio molido; de inmediato mis piernas supuraron sangre tibia y sentí un dolor intenso en la cintura. Mi amante me levantó por los brazos impactándome contra el barandal, entonces rodeó mi cuello con sus manos embadurnadas con sangre pegajosa. Sentí la fuerza de su odio hacia mí, potenciado por el veneno que produce el cansancio de conocer ese otro cuerpo, esa otra forma de pensar y de actuar, hasta el hartazgo.

Con ayuda de mi rodilla acerté en sus testículos, lo que produjo un ruido acuoso, como de una bolsa de suero que se reventara de pronto, aunque no ayudó a que él aflojara la tensión de sus manos sobre mi garganta. Yo arremetí con coraje, golpeando su estómago, aullando como una poseída. Hasta ese momento sentí que una lluvia espesa se desplegaba como una persiana sobre nuestras cabezas, y la sangre o lo que fuera el líquido pestilente que brotaba de la herida en su cabeza, escurría por nuestros rostros en gruesos caudales que los transformaban en máscaras de guerreros irreconciliables. Siete pisos abajo, las luces de vapor de sodio destellaban con un halo neblinoso coronándolas, y más allá se escuchaba el estruendo de las olas, el batir de un mar furioso que anunciaba la llegada de la marea.

En medio de nuestra enardecida lucha, uno de los remaches del barandal saltó de su sitio y el aluminio se dobló peligrosamente. Nosotros apenas lo sentimos, tan ocupados estábamos en acabar con la vida del otro. Para librarse de mis garras, mi amante me impactó repetidas veces contra el barandal maltrecho. Era increíble que no me hubiese fracturado la espalda. Como respuesta a su ataque, me precipité sobre su oreja y la mordí hasta arrancarle un trozo de cartílago. Él se sacudió de forma violenta, casi animal, y como yo seguía debatiéndome sin tregua, el pasamanos no resistió más el peso de nuestros cuerpos vulnerados: el segundo remache voló por los aires y el metal cedió por una esquina. De improviso, quedamos colgados con medio cuerpo fuera del balcón. Hasta ese momento comprendí que nuestras vidas estaban a punto de terminarse. Nos quedamos muy quietos, mirándonos a los ojos, encontrando una razón en común para sobrevivir. Sentimos que el barandal comenzaba a ceder. Mi amante soltó una mano de mi cuerpo y se aferró al borde de piedra del balcón; con sus últimas fuerzas pudo levantarnos a ambos la distancia suficiente para que yo lograra afianzarme del poste de aluminio que estaba fijo en su lugar, y así, en un esfuerzo conjunto, repleto de quejidos y resoplidos agónicos, nos apartamos del barandal vencido.

Una vez que estuvimos de pie, él me soltó y yo caí desmadejada sobre las baldosas mojadas. Estaba agotada, los ojos se me cerraban de cansancio. Mi amante quedó suspendido en el umbral donde estuviera el vidrio, mirándome sin decir palabra. Se dio la media vuelta y caminó al interior del departamento dando tumbos, se colocó su sobretodo oscuro encima de las heridas cubiertas por astillas de cristal y me regaló una última mirada antes de desaparecer de mi vida para siempre. Y tal vez me equivoque, tal vez fueran los goterones de agua que enturbiaban mi visión o las sombras que arrojaban las bujías moribundas de la estancia, pero me pareció ver cómo una media sonrisa torcida se formaba en el rostro del que fuera mi amante.

V

La luz rojiza de la mañana me sorprendió sentada en la mesa de la cocina, agitando un café que se enfriaba desde hacía media hora, con las noticias ladrando en la radio que una turba de seres sin alma deambulaba por las calles de nuestra ciudad arrasando con todo. Ni siquiera el ejército podía detenerlos. Suspiré adolorida. Repasaba todo lo sucedido y me pregunté si aún poseía un alma que curar, si no la habría perdido en ese oscuro momento de demencia y caos. Miré el líquido espeso arremolinarse en la superficie de la taza, sorbí el café sintiendo calambres en mis encías; pensaba en el hombre que acababa de marcharse. Habíamos vivido una pasión tan incendiaria, sin límites, que nos terminamos empujando hasta un borde en que ya no existía nada nuevo por explorar, todo se había consumido de forma rápida, dejándonos vacíos y miserables. Mi acompañante —del que no llegué a saber nunca el nombre— lo entendió en el último momento, inmóvil bajo el dintel del ventanal roto, con una media sonrisa en su rostro desbaratado por los golpes y la vergüenza.

El hombre-pez desapareció con la marea. De seguro había terminado por mezclarse con los miles de hombres que deambulaban allá afuera tratando de sobrevivir a una contienda que nadie entendía del todo, que nadie había iniciado. Una guerra terrible, estéril como todas, la cual podría ponernos al borde de la extinción. Me había tardado, pero lo comprendía por fin. Por lo pronto, el conflicto me llevaría lejos, a un lugar donde la horda de muertos no pudiera alcanzarme con su voracidad insaciable.

Después de pasar un riguroso y hasta humillante examen médico que demostró que no estoy infectada, decidí embarcarme al *fuerte de hielo* en Groenlandia, una ciudad para refugiados; el único lugar lo suficientemente congelado y rodeado de montañas para estar a salvo de la plaga andante.

En este momento observo con indiferencia cómo el casco del barco corta las aguas salpicadas de grandes lunares de hielo blanquísimo. Y de mi amante sólo me queda la nostalgia certera de que si hubiera aprendido su nombre, pronto lo habría olvidado, como hace tiempo me olvidé de los otros nombres del amor.

El hombre que fue Valdemar

Norma Lazo

Para David Tusie

Cuando Valdemar comprendió que la mitad del cuerpo tirado a unos metros era el suyo, supo que estaba muriendo. No se asustó, por el contrario, actuó con resignación y recordó algo que pasaba en su novela preferida. En ella, hay un párrafo en el que el protagonista se pregunta en qué momento el individuo deja de ser aquello que cree que es. Y siguiendo el razonamiento del personaje de esa historia, el propio Valdemar pensó: "Si me cortan un brazo, entonces digo mi brazo y yo. Si me amputan ambos brazos, lo correcto es decir mis dos brazos y yo. Si me arrancan las piernas, es obvio que así ha sucedido, entonces digo mis dos piernas y yo. Pero si me cortaran la cabeza, ¿qué debería decir? ¿Mi cuerpo y yo, o yo y mi cabeza? ¿Con qué derecho mi cabeza se hace llamar Yo?"

La lucidez de Valdemar menguaba. Minutos antes él y su familia habían sido atacados. Valdemar y Simón, su hijo, corrieron con la peor suerte. Tomaron la resolución de enfrentar la amenaza, para dar a las mujeres tiempo de escapar. Ana Laura no quería abandonar a Simón, el niño, más bien adolescente, que había parido diecisiete años atrás. Simón fue enérgico. Váyanse ya, mamá, antes de que una de esas cosas las ataque.

Valdemar intentaba recordar qué salió mal durante el fin de semana familiar en el campo. Días atrás él y Ana Laura planearon juntos el viaje. Sólo nosotros y los niños, insistió ella. No son niños, ya son jóvenes, respondió él. Buscaban una forma de estrechar lazos con los adolescentes que se alejaban de sus vidas a pasos agigantados. Algo en su corazón vaticinaba que era el último viaje en familia, y así sería, aunque por otras razones. La idea fue de Ana Laura. Llevaban varios meses peleando con Simón y Peaches, ése era el sobrenombre con el que apodaron a la menor debido a su rebeldía, les recordaba a la famosa cantante canadiense. Ambos adolescentes pasaban largas horas encerrados en sus cuartos, con advertencias pegadas en las puertas en las que, de manera poco cortés, amenazaban a quien osara entrar a sus recámaras. Las bromas de Valdemar, las mismas que provocaron risas en la infancia, comenzaron a incitar onomatopeyas tildándolo de tonto. La pequeña Peaches se perforó el labio y un orificio nasal, a pesar de que sus padres no le dieron permiso. También se tatuó un dragón en la espalda sin decirles, sabía de antemano su negativa. Ana Laura descubrió el tatuaje un fin de semana en la alberca del club. El desobediente Simón fue expulsado de la preparatoria por su baja tolerancia a la autoridad y por fumar marihuana durante los descansos. Valdemar se culpó por no haber sido un buen padre.

Ana Laura, ansiosa por recuperar a sus hijos, pensó que un fin de semana, los cuatro solos, en el lago al que tantas veces los llevaron de pequeños, ayudaría al reencuentro familiar. Simón y Peaches se portaron renuentes y les advirtieron que no los acompañarían. No estaban dispuestos a pasar dos días en el bosque lejos de sus amigos, sin sus gadgets y con un par de viejos aburridos. Valdemar se impuso. No era una invitación, sino un compromiso en familia. Los hijos hicieron sus maletas de mala gana. Los padres albergaban, emocionados, el frágil resplandor de la esperanza.

Valdemar y su familia salieron de la ciudad el viernes, después de comer en el restaurante favorito de sus hijos. Hasta entonces se enteró que ese lugar ya no les gustaba, es más, lo detestaban. El viaje no empezó bien, rumió Ana Laura. A pesar de ello confió en que mejoraría.

Dentro de la camioneta el silencio devoraba cualquier intento de conversación. Peaches, con el ceño fruncido, miraba las rayas blancas de la carretera pasar una y otra vez simulando ser una sola. Simón, el más desobediente, fingió dormir abrazado del rifle que Aureliano, su abuelo materno y beligerante cazador de venados, le regaló en su cumpleaños número doce. Ana Laura quiso encender la radio para disminuir la tensión. Valdemar le detuvo la mano cariñosamente y le susurró el acuerdo que hicieron. No quiero interrupciones del exterior, sin computadoras, juegos de video, celulares, ni iPod, ¿recuerdas? Ana Laura asintió sin decir palabra. Si Valdemar hubiera permitido que Ana Laura encendiera la radio, estarían al tanto de lo que enfrentarían. Aunque de nada hubiera servido.

El viernes, dos horas después de que Valdemar y su familia salieran de la ciudad, el sol se puso negro como tela de cilicio. A los cuatro les pareció extraño. Uno de ellos sugirió la posibilidad de cierto tipo de eclipse. Al llegar al bosque descubrieron que el lago también había sufrido un cambio extraño. Se tornó rojo, no el bermellón digno de los atardeceres bucólicos, sino ese tono encendido que sólo puede augurar un baño de sangre.

En principio, los canales de televisión apostaron por transmitir en vivo. Se trataba de una gran oportunidad para vender espacios publicitarios y ganar espectadores. Desde las calles informaban en tiempo real sobre las extrañas manifestaciones que se habían desatado en todo el mundo. Del Pacífico corrieron vientos con hedor a carne putrefacta. La mayoría de la población optó por usar cubrebocas. No fue suficiente. El olor a carne podrida difícilmente disminuía. Aún faltaba lo peor. Nadie supo cómo ni por qué, pero de los cuatro puntos cardinales arribaron cadáveres andantes alimentándose de seres vivos. De esa forma se refirieron a ellos: cadáveres andantes.

Cuerpos rotos, de llagas hundidas y huesos astillados, asomándose por la piel amarillenta y desgarrada, inundaron las calles en oleadas feroces. Qué lejanas estaban aquellas visiones de muertos sonrientes de las fiestas de noviembre. Ya no se trataba de la simulación de la muerte en festividades, situación que permite fabularla, sino la expiración en estado puro: muerte mostrando

obscenamente cráneos pelones y huesos desnudos, los cuales deja-
ban entrever vacuidad, allí donde había existido un ánima.

El hombre que fue Valdemar decidió no ignorar el color del
lago. Pidió a su familia que evitara nadar. Encontrarían otra forma
de disfrutar el campo. Los hombres armaron las casas de campaña. Las mujeres buscaron leña para la fogata. El gesto de enojo de
los hijos fue dulcificándose conforme transcurría la tarde. El ceño
fruncido de Peaches se alisó para dar paso a una sonrisa afable. El
silencio retador de Simón culminó con una canción de Nick Cave
que cantó a coro con su padre. Algo pasó en el campo, algo que ni
la misma Ana Laura podía explicar o entender. Pero sus hijos volvieron a comportarse de la misma forma que cuando eran niños.
Los cuatro se sentaron alrededor de la fogata a quemar bombones
y entonar cantinelas que solían corear una década atrás. De acuerdo con la tradición de los fines de semana en el campo, Valdemar
contó historias de horror haciendo ruidos guturales con la intención de atemorizarlos. En esta ocasión Simón y Peaches fingieron
miedo únicamente por el gusto de complacer a su padre. Se despidieron con un beso en la mejilla y la promesa de un rico desayuno
al aire libre por la mañana. Durmieron pasada la medianoche. Ése
fue el último momento feliz que compartieron.

Peaches tuvo el sueño ligero desde pequeña. A los cuatro años
despertaba si alguien abría la puerta de su cuarto, a los ocho de-
bieron instalar aislante de ruido, a los doce empezó a tomar mela-
tonina, lo único natural que el médico pudo recetarle. Nada sirvió.
Todavía despertaba en las madrugadas con el menor murmullo
exterior.

La mañana del sábado no fue diferente. Escuchó crujir la hierba por pasos sincopados avanzando hacia el campamento. Peaches
irguió la cabeza para afinar el oído, el gran dragón tatuado en su
espalda pareció torcer el cuello al mismo tiempo que ella. Las pisadas no se acercaban naturalmente, más bien parecían el concierto para un grupo de sordos que únicamente perciben la vibración
que, si bien avanzaba en dirección al campamento familiar, no

guardaba ningún orden. Algunos pasos retumbaban fuertemente, mientras otros parecían arrastrarse.

La ciudad se vació. Los seres vivientes huyeron a otros pueblos, ciudades, incluso países, sólo para descubrir que el extraño fenómeno se repetía en todo el mundo. Algunos edificios fueron convertidos en fortalezas y los habitantes se hacinaron en un solo departamento. Nadie quería estar solo. Los viejos rencores y disputas se diluyeron en abrazos y perdones. Nuevos conflictos surgieron por el racionamiento del agua y el alimento. Los místicos, convencidos de su religión, aseguraron que los hechos eran señal de castigo divino. Los católicos incluso afirmaron que así lo profetizó San Juan: "Resucitarán todos los hombres, incluyendo justos y pecadores; resucitarán con sus cuerpos, con sus propios cuerpos, los que ahora poseen".

Peaches escuchó los pasos cada vez más cerca. Salió de la tienda de campaña esgrimiendo un bate. De lejos distinguió a una mujer de caminar lerdo, con el cuello doblado y la cabeza colgada sobre el hombro derecho. Peaches tardó en reaccionar. Sin embargo, al darse cuenta que el espantajo no era producto de su imaginación, corrió a la tienda de campaña de sus padres. Valdemar y Ana Laura quisieron calmar a Peaches sin conseguirlo. Luego ellos divisaron a la misma mujer. La lógica del mundo sensible los abandonó. Ana Laura despertó a Simón con la urgencia de los condenados. En pocos minutos, otros hombres y mujeres de aspecto mortecino, de huesos expuestos y heridas profundas, carcomidos en gran parte por gusanos, rodearon el campamento. El primer instinto de Valdemar fue empuñar el rifle de Simón y defender a su familia; exigirles a todos que se fueran en la camioneta mientras él los distraía. Pero desobedecieron. Se pararon a su lado, decididos a no abandonarlo, a vivir o morir juntos. Unidos los cuatro por sus espaldas, blandieron cualquier objeto que pudieran usar como arma, entonces otra horda de cadáveres andantes asomó su cresta en una colina aledaña. Simón, ayudado por la llave de cruz, libró un espacio para que su madre y hermana escaparan. Váyanse ya, mamá, antes de que una de esas cosas las ataque. Ana Laura se negó, pero el llanto incontrolable de Peaches la obligó a salvar aunque fuese a uno solo de sus hijos. Las mujeres subieron a la camioneta y se alejaron del campamento en espera de un milagro, sintiendo que no volverían a verlos.

Valdemar, a la manera dictada por el canon de quienes se saben a punto de morir, vio pasar su vida rápidamente: los días rebeldes en la Facultad de Ciencias Políticas, la mañana que conoció a Ana Laura en un mitin estudiantil con hambre de izquierda, las madrugadas en que nacieron sus hijos, la muerte de sus padres en el terremoto del 85. Recordó el primer balbuceo de Simón: "papá" antes que "mamá". Sintió orgullo al verlo pelear a su lado, codo a codo. En aquel momento comprendió que fue un buen padre. Había criado correctamente al niño que, aún convertido en adolescente rebelde, auguraba un buen hombre, a modo de los buenos hombres, justos al mismo tiempo que pecadores. Vete tú también, Simón, le ordenó mientras eran acorralados. Éste negó con la cabeza. No te dejaré solo, papá, respondió convencido.

Valdemar y Simón pelearon hasta donde las fuerzas lo permitieron. Finalmente, el gran número de cadáveres andantes los acorraló. Valdemar aventó el rifle para que lo atacaran primero y Simón no tuviera más remedio que huir. Su hijo intentó impedirlo. Nada pudo hacer. Fue testigo de cómo los cadáveres andantes partieron en dos a su padre al pelear por él. Simón no tuvo otra opción, corrió tan rápido como sus piernas lo permitieron.

Valdemar agonizaba cuando se dio cuenta de que la mitad del cuerpo tirado a unos metros era el suyo. Entonces comprendió que estaba muriendo. No se asustó, por el contrario, se quedó pensativo y evocó su novela preferida: *El quimérico inquilino* de Topor. En ese orden de pensamientos repasó aquel párrafo de la novela, en el cual el personaje se pregunta en qué momento el individuo deja de ser aquello que cree que es. Al ver a las criaturas alimentarse de las extremidades inferiores de su cuerpo, añadió una pregunta más a los cuestionamientos de su novela preferida: sí, ¿con qué derecho mi cabeza se hace llamar yo? ¿Y qué derecho tienen mis brazos, mis piernas, mis pulmones, mi corazón, mi cerebro, mi cuerpo entero, es decir, mi propio cadáver, de arrogarse el título de Yo? En su última espiración pidió a Dios, a pesar de no creer en su existencia, no revivir transformado en una de esas cosas, porque si de algo estaba convencido, era de que en ningún resquicio de su cadáver errante, quedaría algún vestigio del hombre que fue Valdemar.

El lugar del hombre

Luis Jorge Boone

1

Arremangó la manga de la camisa blanca por encima del codo y metió el brazo desnudo a través de los barrotes de la celda. Detrás suyo, en la silla cerca de la entrada a la Unidad de Contención, estaba la bata blanca con la identificación que lo acreditaba como el encargado del proyecto Gota Sucia. El código en el plástico le confería libre entrada a todas las áreas del Instituto de Investigaciones Genéticas, y señalaba su autoridad sobre el personal completo del Ala Jacobson, donde se concentraban las investigaciones concernientes a evolución natural y experimental, mutaciones y enfermedades de alcance ultrageneracional.

El doctor Leo Misans se encontraba en el extremo sur de la tercera planta del ala. La máquina de expreso más cercana estaba en el extremo norte de la segunda. El guardia tardaría en regresar aproximadamente cuatro minutos con veinte segundos. El tiempo estimado de su ausencia, aunque escaso, bastaba. Quizá hubiera fila en la máquina, o quizá se encontrara con algún conocido en las escaleras.

Pero las eventualidades estaban fuera del cálculo. Marina debía reaccionar antes.

Siempre lo hacía. El brazo desnudo desprendía un olor irresistible, las venas palpitantes y la carne compacta debían ser como una estrella que estallaba en la oscuridad de sus instintos, ciegos a todo lo que no pudiera ser alimento, presa.

Marina vivía en un mundo dominado por el negro y sus matices, por las débiles reverberaciones de sonidos apagados y sin espíritu. En una perpetua ausencia de calor, entre los olores neutros. Aunque las investigaciones no estaban ni siquiera cerca de arrojar resultados concluyentes —había una considerable cantidad de temas en los cuales ahondar y de líneas de estudio pendientes—, la conclusión era ineludible desde siempre: sus sentidos sólo reaccionaban a ese estímulo. De manera brutal, salvaje. La actividad nerviosa describía en los aparatos de medición un frenetismo radical. En los momentos de excitación su ritmo cardiaco iba de la línea de muerte, prácticamente inalterada, a crestas que indicaban una especie de ataque, desbordamiento crítico de adrenalina y pánico sobrehumano. De la catatonia a una guerrera en éxtasis suicida.

Marina surgió de la oscuridad que se acumulaba al fondo de la celda. Venas negras surcaban la blanca piel de su cuello y su cara. Sus ojos, de un tono verde semejante al de la quieta hondura de un mar tropical, estaban inyectados de sangre. La habían peinado y aseado esa mañana. Traía puesta una camisa de manga larga y un pantalón ejecutivo. El negro de las prendas contrastaba con la palidez de su cuerpo.

Olía a jabón y a podredumbre.

El doctor Leo Misnas respiró, se llenó los pulmones de esa estremecedora mezcla de esencias, formuló un errático pensamiento acerca de la convulsa naturaleza de toda belleza y aguardó con los ojos semicerrados. Igual que las ocasiones anteriores.

Tampoco esta vez tuvo miedo. Lo hizo para encerrar en sí mismo la mezcla de placer y dolor que la mordida le provocaría.

2

En las horas que llevaba monitoreando la programación, había notado ya el sobregiro de espacios comerciales. La relación 65-35 no se respetaba. Estaba seguro de que sería una de 60-40, o incluso una más pareja. La demanda entre los anunciantes era notable. Debía subir los precios en todos los horarios.

Saúl F. Caminoh llamó por teléfono a su subdirector, quien contestó con voz temblorosa al saludo casi inexistente y a las instrucciones. Cuando colgó sin el mínimo aviso, el dueño del Corporativo Caminoh TV se dio cuenta de que pasaba de la una de la mañana.

El monstruo apareció de nuevo. Arrastraba sus pies por la proa de un barco de pequeño calado. Anunciaban una semana de vacaciones en una playa del Mediterráneo, o del Golfo de México, no retuvo el dato. Los visitantes tomarían sol, visitarían antros nocturnos, se meterían al mar durante horas y pasearían en veleros.

Un retiro que revive a cualquiera.

Era la cuarta campaña en ese bimestre que usaba de forma central o tangencial la imagen de la descomposición y la muerte estancada para atraer clientes. Un nuevo modelo automotriz. Una cadena de tiendas departamentales. Un centro de cirugía estética. Un *close-up* al rostro del monstruo servía para describir una animación que revertía el proceso de putrefacción hasta dejarla transformada en una preciosa chica rubia de mejillas anguladas y labios ligeramente siliconados. Una voz grave afirmaba: "Haríamos todo esto por ella, imagine lo que podemos hacer por usted".

Era una locura, una maldita locura. ¿Quién sería ese cínico genial que ideaba las campañas? Le gustaría conocerlo. Incluso contratarlo.

Todo empezó cuando la plaga se apagó por completo, luego de poco más de una década de zozobra. La humanidad, lo que quedó de ella, peleó por su sobrevivencia. Los infectados fueron exterminados en las purificaciones. Enormes operativos se desplegaron para que ni uno solo quedara en pie. Por otro lado, el Instituto de Investigaciones Genéticas desarrolló una vacuna que blindó a gran parte de la población, al menos a la que pudo pagar. El orden, al principio tambaleante, acabó recuperándose por completo. A decir verdad, no se trató de una catástrofe mundial. En dos continentes la plaga fue controlada desde el principio. Hubo países que cerraron sus fronteras y presenciaron el cataclismo de otras naciones como un show de realidad a gran escala.

Fue un ensayo del fin del mundo. Uno serio. Pero con sólo uno de los jinetes del apocalipsis como orquestador y anfitrión.

Al principio lo sorprendía la necesidad de olvido de las masas. La muerte de millones pertenecía a la historia. Los gobiernos y la ciencia habían triunfado sobre la desgracia. El mundo conocía a sus héroes. Pronto los olvidaría. Ése era el momento exacto para que quienes tuvieran los medios sacaran ventaja de la situación.

Una concreción bastante pedestre de esta idea era aprovechar la imagen de la última infectada en el *marketing*. Para ironizar, atemorizar, hacer reír o sorprender. Al principio, Saúl F. Caminoh, líder empresarial por herencia y convicción, y buena conciencia por indicaciones de su asesor de imagen corporativa, dudó de la conveniencia de transmitir esas campañas. Lo inquietaba el hecho de que el imperio de sus ancestros se convirtiera en escaparate de atrocidades. Pero las proyecciones financieras aseguraban grandes ganancias y lo de menos sería influir en la opinión pública.

3

Los orígenes de la plaga fueron un misterio durante y después de Los Doce Años Oscuros. El estado de alerta afectó todos los ámbitos de la vida, aunque con ciertas variaciones de intensidad y penetración en países del Primer Mundo, que siempre están mejor preparados para deslindarse del planeta, aislarse y dejar morir a los demás. El doctor Leo Misnas tenía la certeza de que nunca desentrañarían el acertijo. Ninguna de las teorías comúnmente aceptadas amenazaba con confirmarse.

La opinión pública centraba su atención en las más retorcidas. Gracias a su colorida versión de las cosas perduraban en la memoria de las masas y en la agenda de supuestos especialistas mediáticos. Unos todavía menos serios que otros. Todos publicaron libros; sus especulaciones se desdoblaban en documentales y páginas web. Se hicieron de un prestigio y enriquecieron ofreciendo explicaciones endebles de un horror que se resistía a obedecer a una sola versión de la realidad.

Estaba el loco de gran fe que aseguraba que la plaga era un castigo para la humanidad por sus grandes pecados, y un signo de que el final de los tiempos estaba ya por ocurrir.

Estaba el paranoico de proporciones internacionales para el que todo había sido un complot de las naciones más poderosas, ansiosas por desestabilizar el sistema desde la raíz e instaurar un nuevo orden.

Estaba el militar retirado que aseguraba que todo había sido una guerra bacteriológica, que él había visto la progresión infectiva esperada representada en mapas de flujo, y los índices de mortandad que en ellos se expresaba se habían quedado cortos.

En el otro extremo estaba el doctor Leo Misnas, quien estudiaba la posibilidad de que todo aquello hubiera sido un salto evolutivo fallido. La variación súbita de capacidades producto de un reacomodo motivado por causas ambientales extremas. La toxicidad ambiental y la violencia del entorno antes de Los Doce Años Oscuros no tenían parangón.

Una subespecie o una nueva etapa de la humanidad que había sucumbido a sus debilidades. Un asunto para ser estudiado en aras del futuro. No debimos confiarnos, dijo el doctor, nuestro código genético nunca estuvo del todo descifrado, en las secuencias están ocultos los mecanismos que permitirán los saltos evolutivos, no podemos ser la única especie estanca en la naturaleza. No sabemos quiénes somos en realidad, aseguraba. La así llamada plaga era una parte de la historia que había que preservar y entender.

Pero el morbo, la estupidez, el oportunismo político y la falta de escrúpulos empresariales se cebaron pronto en la desgracia y sus subproductos, desvirtuando un hecho del que se podía adquirir un conocimiento sin precedentes.

Cuando concluyó la Edad de la Purificación, ningún gobierno, ninguna institución, ningún hombre de ciencia alzó la voz para conservar a un infectado. Se perdió todo documento vivo de los pasados años. Vivo, o lo que fuera.

El doctor Leo Misnas lamentó esa rotunda falta de visión. El miedo los dominaba. Habló con el director del Instituto de Investigaciones Genéticas, su antiguo mentor, quien ejercía la ciencia y la política con pareja habilidad. Emprendieron juntos una campaña para que un proyecto no oficial de conservación ganara simpatizantes entre los líderes de opinión y ciertos puestos clave en los gobiernos. Tras meses de cabildeo, lograron que el secretario de Seguridad Nacional los tomara en serio. Ahí tienes, dijo con cierta dureza el director a Misnas, espero que de verdad sepas lo que haces.

Los últimos brotes se verificaron en el subcontinente indio y algunos países de Sudamérica. Las brigadas internacionales anunciaron la inmediata limpieza total de las zonas. Misnas perdió toda esperanza.

Dieciséis días después, el director lo llamó a casa. El doctor colgó, se vistió con descuido y llegó a la entrada del edificio central a las cinco con tres minutos de la mañana.

—La encontraron. Esperaba que algo así ocurriera. En una escala tan grande, una singularidad como ésta tenía en principio un amplio porcentaje de posibilidades. Conforme pasaban los días, no encontraba la forma de alimentar mi optimismo. Pero sucedió. Moví influencias, pedí favores, usé todos mis recursos. Fue difícil y agotador. No quise decirte nada hasta concretar todo. Dispondrás del Ala Jacobson. El proyecto y cada dato del estudio serán un secreto de alta magnitud. Estamos en deuda con personas con las que más nos valdría no tratar, pero no había opción. Algo nos pedirán a cambio. Por lo pronto, no creo exagerar si digo que mi reputación y la de todo el Instituto están en tus manos.

Marina lo miraba desde detrás de las rejas.

El doctor Leo Misnas sostenía su café con la mano derecha. Sacudía ligeramente el brazo izquierdo, cubierto de nuevo por las mangas de la camisa y la bata, en un manso intento por apacentar las últimas punzadas de dolor.

Trataron de mantener en secreto la llegada, pero pronto quedó claro que sería imposible.

—Demasiados intereses. No lo tomes como una afrenta. Son sacrificios necesarios.

—Al menos podemos monitorear sus salidas. De algo nos servirá —contestaba Leo a su mentor, resignado a la convivencia con sets de filmación, exhibiciones en cumbres políticas mundiales y otros espectáculos humillantes.

Marina apareció en una playa de África del sur. Cerca había una aldea en proceso de reconstrucción. Un grupo de pobladores la observaron a distancia prudente, protegidos con los gruesos trajes aislantes que impedían ser detectados por los portadores de la plaga. Tras seis horas, llegaron las unidades de control.

El mundo cambió entonces, y aún dio otro vuelco cuando apareció la pequeña Celeste, que salía de las sombras justo detrás de Marina. La niña llevaba un vestido verde y calcetas blancas. Su piel era más oscura que la de Marina, aunque la cruzaban las mismas señales de deterioro y putrefacción. Se lanzó sobre el doctor casi al mismo tiempo que Marina. Misnas pensó en dejarse morder por consideración, pero el riesgo de ser mutilado crecía con cada segundo. La próxima vez, se dijo. Escaparía de Marina para entregar su piel a los pequeños dientes amarillentos y puntiagudos de la niña.

4

La campaña con la que pretendía conseguir la candidatura a la presidencia por el partido de la derecha era simple. Su único pilar era el olvido.

El pasado no importaba más, afirmaba en cada uno de sus discursos, viviremos de tal forma que lo sucedido nos resultará por completo ajeno. Incluso sus conversaciones obedecían a un guión. Las palabras horror, plaga, vorágine, muerte, no volverían a ser pronunciadas, y se extirparía de los libros de historia cualquier referencia clara y extensa a Los Doce Años Oscuros. Todo quedaría reducido a una nota apresurada acerca de un tropiezo, fruto de malas administraciones del partido contrario.

Sus spots televisivos más comentados eran esos donde aparecía en compañía de algunos sobrevivientes. Huérfanos de familias arrasadas. Héroes que se vieron orillados a una de las peores formas de conservación: aquella que exige meter balas en las cabezas de quienes amaron, para no terminar como ellos. El precandidato Hal Cruzadi prometía nuevas vidas, reorganizar las ciudades destruidas, enterrar cualquier vestigio de la plaga bajo las promesas utópicas de quien no piensa cumplir nada de lo que dice.

Una de sus muletillas discursivas era su eslogan de guerra: la inmediata eliminación del proyecto Gota Sucia y la total erradicación de sus objetos de estudio.

—Es una blasfemia —aseguraba.

Fundamentalismo e ideas religiosas sustentaban la campaña de quien aspiraba a dirigir una nación clave en el esquema de las fuerzas mundiales. Una de las naciones que pese a sus recursos no supo responder a tiempo y fue diezmada por la plaga. Pero sólo las bases poblacionales sufrieron las consecuencias de esta reacción a destiempo. Las clases dirigentes estuvieron a salvo desde el principio. Esa misma nación albergaba, cerca de la capital, el edificio del Instituto de Investigaciones Genéticas.

—La mejor forma de olvidar es arrancar de raíz —decía Cruzadi ante un público cautivo—. Quien pretenda conservar memoria de aquellos tiempos es un retrógrada y un enemigo de la nación que seremos— concluyó, mientras besaba a un bebé y la madre se tomaba una foto con el candidato.

5

Tres meses después, otra noticia se extendió por todo el mundo sobreviviente. Descubrieron otro espécimen. Una brigada cercó el paso de la caravana de un circo en una comarca de la Selva Negra. Los funámbulos intentaron esconderla en unas bodegas abandonadas. Fueron secuestrados y torturados hasta que accedieron a entregarla.

Su número era una especie de variación del acto del domador. En una jaula estaban los leones, en la siguiente, conectada por una puerta siempre cerrada, un tigre blanco. La peculiar artista atravesaba ambas prisiones, con lentitud, arrastrando sus pasos, cruzaba la puerta que se abría manipulada por un enano, atento para no permitir el paso de las fieras. Una caja conectada a la segunda jaula era el destino final de la travesía. Ahí estaba oculta la presa. Un animal a medio sacrificar cuyo olor a sangre y miedo la atraía sin remedio. Quienes vieron el espectáculo, habitantes de pequeñas comunidades alemanas en reconstrucción cercanas a Fohrenbühl, nombraban las razones de su asombro: la artista en sí, por supuesto, y luego el frenesí en que caían los animales, profundamente inquietos durante el acto. Fieros pero temerosos. Su primer instinto era mostrarse agresivos hacia la intrusa. Luego no sabían qué hacer: enfurecidos, se echaban, rendidos ante algo que no los amenazaba. Se paseaban cerca de las rejas, rugiendo y evitando al mismo tiempo confrontar a la niña.

El Ala Jacobson fue su destino anunciado. No hubo controversia esta vez. Llegó rápido al laboratorio, como si ella misma conociera el camino, o como si la sangre llamara.

La clave de identificación del sujeto experimental era una cadena de dígitos y letras. La de Marina terminaba con un 01. A ella le correspondía el 02. Misnas no tuvo que pensar mucho para dar con un nombre adecuado. No debía pasar de los once o doce años. Los mismos ojos azules de Marina cercados también por un espeso aro rojo, como breves coronas de espinas.

Compartían la celda. Fue idea del doctor. Cuando asomaba el brazo, lo retiraba de inmediato, antes de que Marina pudiera desgarrarlo. La niña era demasiado lenta para alcanzarlo. Leo le ofrecía un consuelo. Dejaba caer en la celda una cabra drogada, con heridas no demasiado profundas.

6

El centro de la teoría era la probable existencia de la Constante Oscura. Aunque en sus informes, conferencias, entrevistas, sus explicaciones eran bastante generales, vagas, codificadas, para no revelar información valiosa.

Ese delgado hilo de correlación que mantiene en marcha a la materia, la Constante Oscura, sustentaba a un organismo que parecía detenerse por completo, invertir sus funciones en algunos segmentos de su anatomía, e incluso prescindir de sistemas superfluos. El cuerpo conservaba un delicado y bizarro equilibrio: era sencillo de alterar y destruir, incluso la interrupción o desabasto de la dieta aceleraban la descomposición, aunque no la desaparición del ser. La producción de energía para sostener la..., siempre estaba a punto de decir *vida*, es decir, el funcionamiento de la maquinaria fisiológica, era anómalo. Todo era desechado, casi intacto. Parecía haber un componente necesario para sustentar el movimiento que escapaba a un análisis corriente. Por ahora, ambos campos teóricos estaban a años de perfilar una probable confluencia. La cancelación de la inteligencia coronaba al instinto como única directriz. La existencia de esta energía sutil volvía perdurable un cuerpo resistente a casi cualquier estímulo negativo, indiferente a todo, incluso al proceso de podredumbre, a experimentar la descomposición de cada uno de los órganos. Indiferente a todo, menos a la cercanía de la carne viva.

Es decir: lo otro, lo distinto. De vez en cuando, Leo Misnas lamentaba carecer de una formación filosófica más rigurosa. De seguro el tema daba para mucho.

7

La vacuna actuaba como un escudo, elevando durante algunos meses, a niveles sobrehumanos, las defensas del sistema inmunológico. Se había comprobado su eficacia en el 85% de los casos que se exponían a uno o varios contactos. Si el número de contactos sucesivos iba en aumento, la eficacia disminuía. La farmacéutica dueña de la patente, se rehusó a poner la advertencia en el empaque, pero el Instituto de Investigaciones Genéticas presionó para que así fuera. Un tipo de letra ínfimo en una lateral de la caja, anunciaba que cinco o seis exposiciones serían suficientes para abatir la protección. La entrada continua en el torrente sanguíneo del Vector Oscuro provocaría una infección irreversible, inmediata y letal.

El doctor Leo Misnas se colocó la bata e hizo un recuento mental. Le faltaba sólo una para trascender el horizonte de eventos seguros. No quedaba mucho tiempo. Debía actuar rápido. Sudaba. Pensó qué sucedería si el límite estaba un poco más lejos y fueran necesarias más exposiciones. Cada vez era más difícil estar a solas, con las cámaras de vigilancia apagadas, en la Unidad de Contención. Debía bastar con una más.

Al llegar a su oficina sintió un mareo que casi lo hizo desplomarse sobre la alfombra de la antesala. Se sujetó de una pared y la secretaria le preguntó si se sentía bien. No es nada, respondió, ya pasó.

Le interesaba confirmar los detalles de la reunión. Dado el interés que suscitarían los personajes públicos convocados a ella, lo mejor sería mantenerla en secreto, incluso hacerla a espaldas del director. De cualquier forma, no necesitaba su permiso ni su convocatoria para realizarla. Leo Misnas era la mayor autoridad mundial en el tema. Una simple llamada suya bastó para sortear los filtros alrededor de los líderes mundiales que se reunirían cerca de las dos de la mañana en el Ala Jacobson. A todos les interesaba guardar el mayor de los secretos, mientras calculaban si el impacto sería favorable o desfavorable para sus respectivas campañas y planes. Luego de un par de forcejeos infructuosos, accedieron a asistir bajo las condiciones de Misnas.

Eran unos idiotas. Atacaban los intereses de la investigación. Presionaban para que les permitieran tener científicos de su confianza en posiciones clave del Instituto. Proponían reuniones cada pocas semanas para plantear acciones que los beneficiaran. Eran necios, necesitaban una perspectiva mayor del asunto, entenderlo desde un punto de vista más cercano. No había mejor argumento que lo que se ve con los propios ojos.

O sí: ¿qué mejor correctivo que el castigo en carne propia?

8

Una limusina blanca se detuvo frente al portón que daba acceso al estacionamiento. El chofer abrió la puerta y de ella emergió un hombre enjuto, de piel muy pálida, calvo y vestido con una túnica de plástico. El artista mutidisciplinario conocido como Platino Cércecox dejó caer el manto y descubrió su atuendo: pantalón con tirantes, camisa blanca, saco a rayas, todo en elastanos tornasol, reducido a jirones asimétricos, las telas semidestruidas, aunque limpísimas. Uno de sus últimos proyectos entrelazaba el teatro callejero, la música tecno, la poesía, el diseño de modas y el volanteo para desequilibrar el juicio que la sociedad postapocalíptica, tan temerosa y autocomplaciente, se ha fabricado para adormecer su culpable conciencia sobre los tortuosos Doce Años Oscuros.

—Es deber de todo creador desestabilizar y traer al proscenio de las preocupaciones sociales el punto incómodo, la nota que nadie quiere escuchar, el verso que desencadene el despertar de la hipercognición.

Unas bocinas de dos metros de altura escupían música durante una hora. Se trataba del loop de una pieza electrónica diseñada por Cércecox, donde las percusiones mezclaban ritmos sincopados, mientras un ruido como de pies arrastrándose crecía durante los primeros minutos, hasta que aparecían crestas de sonido que eran en realidad gritos deformados que poco a poco se perfilaban, se materializaban en la secuencia y luego se desintegraban, volvían a perder definición, convertidos en municiones sonoras. Su *Balada de los ángeles cayendo en el abismo* despertaba las protestas de asociaciones civiles, líderes de opinión de tendencia derechista y cabecillas de congregaciones religiosas. Lo llamaban anticristo, nazi e imbécil sin imaginación. Nada de esto alcanzaba a molestarlo.

—Los retrógradas son nuestros mayores detractores. Las mentes dormidas que no aceptan la nueva realidad que el arte busca imponer. Se trata de dejar de lado el fariseísmo y aspirar a la compresión total de las facetas que nos conforman. ¿Acaso no somos también *eso*? ¿Acaso no somos unos la causa de los otros? Si estamos llegando a una nueva etapa en el clima universal de nuestras percepciones, es gracias a ellos, a su estrujante presencia, a su desagradable mordida que se apoderó de nuestra carne. Su herencia es el virus que desnudó nuestra naturaleza precaria.

Luego, diez actores salían de los callejones, saltaban de las ventanas o surgían de las alcantarillas para concentrarse cerca de las bocinas. Era el momento en que aparecía, entre el humo barato de los efectos especiales, Platino Cércecox completamente desnudo, ofreciéndose ante la furia caníbal de sus asistentes, mientras recitaba poemas con lúgubre tesitura, poemas que eran elegías a una raza humana desaparecida. Cantaba en endecasílabos yámbicos el proceso de putrefacción como máximo estadio de conciencia antes de reintegrarse a la Madre Tierra, o bien describía en sonetos atiborrados de hipérbaton y rimas predecibles, el procedimiento para devorar a un ser humano sin matarlo.

Cuando su entrada dramática tuvo el efecto deseado y todos voltearon a verlo, el doctor Leo Misnas le tendió la mano y le dio las gracias por prescindir del resto de su parafernalia performática. En el estacionamiento, el artista cruzó miradas con el precandidato Hal Cruzadi, el empresario Saúl F. Caminoh, un político del que no recordaba su puesto actual, un ministro postevangelista y un predicador televisivo de la orden africana Atigura od Pkawze que solían manifestarse en su contra.

—Caballeros, sean bienvenidos —Misnas era el único empleado del Instituto presente—. Todos estamos aquí por una razón distinta. Pero compartimos algo: aquello que no nos deja dormir, que nos impide vivir como deberíamos. Estoy seguro que encontraremos un punto de confluencia, la posibilidad de un acuerdo, caballeros, esta misma noche.

Entraron por el acceso F, en estricta fila india, sin decirse una palabra entre ellos, alzando la mirada lo más que podían. Nadie se percató de la palidez del doctor Leo Misnas, ni de la sudoración constante que lo aquejaba. Tembló un poco al cerrar la puerta, pero se recompuso de inmediato cuando se dirigió hacia sus invitados que lo esperaban en el ascensor.

9

Era obvio que no podrían hablar como personas civilizadas. Ni falta hace, pensó Misnas. Apenas entraron en la Unidad de Contención, empezaron a insultarse. Cércecox no perdió el tiempo y retomó el lema de sus últimas obras e interpretaciones: liberemos a nuestros hermanos. Su propuesta era construir reservas en todo el mundo y aprender una nueva y difícil forma de convivencia. El doctor Leo Misnas sintió la desazón que proviene de estar de acuerdo con un idiota. Aunque no del todo, y no así.

Marina y Celeste se acercaron desde el fondo oscuro de la celda. Los miraban. Sin emoción alguna. Vacías.

—Les presento a la doble alma del proyecto Gota Sucia.

—Libera a la humanidad de tu azote, criatura infernal —dijo el predicador africano mientras sacaba una pistola de algún lugar y apuntaba a las criaturas.

Antes de que pudiera disparar, Caminoh le dio un golpe en la nuca y el predicador cayó al piso. Misnas recuperó el arma y vació el cargador. Arrojó todo a una esquina mientras murmuraba. Se soltó el botón de la manga de la camisa y se acercó a Marina.

A completar su paso hacia el mundo de la niña y de la mujer. Abrió la jaula, recibió una mordida y se hizo a un lado.

Cruzadi y el ministro postevangelista se peleaban por introducir las balas en el cargador, a la vez que querían acoplar éste en el arma.

Cércecox se quedó estupefacto. Luego sonrió. Pensó que se trataba de una variación de sus performances, que lo imitaban. Pero la mordida de Marina le arrancó parte del cuello y ahí terminó su confusión.

Celeste se abalanzó sobre el empresario Caminoh, quien se limitó a gritar aterrorizado. Cruzadi iba a golpear a la pequeña con la silla del guardia, pero Misnas lo empujó, tirándolo al piso. Una patada en la mandíbula lo inmovilizó lo suficiente para que Marina lo atacara, desgarrándole el estómago con las manos, y extrayéndole las vísceras para llevárselas a la boca.

Misnas sintió que dejaba de ser lo que era. Algo en él se reducía a la mínima expresión de una potencia. La vida, reconoció que la vida ya no estaba en él. Pensó en que así era la acción inicial de la Constante Oscura. Un vaciamiento que no entrañaba derrumbarse. Luego, la oscuridad. Pero no la muerte.

10

El director del Instituto de Investigaciones Genéticas revisó una vez más los protocolos de seguridad. Su cabeza y la existencia de todo un cuerpo organizado de hombres de ciencia dedicados a investigaciones serias pendían de un hilo. Misnas, qué pedazo de loco. El proyecto Gota Sucia había sido una bomba de tiempo. Pero, ¿cómo haberlo previsto?

A veces dudaba de su duda. ¿Es que había sido posible cualquier otro final?

La Unidad de Contención abría ahora solamente con la concurrencia de dos llaves electrónicas. Una la tenía el guardia. La otra colgaba del cuello del director. El viernes terminaba el plazo que tenía para nombrar un equipo multidisciplinario para continuar con las investigaciones y encaminarlas de formas provechosas. Lo haría a tiempo. Pero pensaba si no debía haber elegido una de las primeras opciones que se le ofrecieron: incendiar el Instituto con los infectados y sus víctimas dentro.

Los visitantes habían muerto. Sólo Leo Misnas, la mujer y la niña quedaron en pie.

El doctor compartía la celda con ellas. Un mártir. Una "familia". Así los llamaban ahora los medios de comunicación. Todo debía cambiar. No podían seguir tratándolos como antes. Debía tener cuidado. Un político le había propuesto establecer un gueto en alguna isla del Pacífico. ¿Cómo se les ocurría? En fin.

La mañana siguiente a la matanza, luego de dirigir los grupos de seguridad y control, entró en la dirección y encontró una hoja de papel en su escritorio. La letra era la misma con la que el doctor Leo Misnas llenaba pulcramente sus informes. Dos frases. Una de despedida. Ningún perdón. El demente estaba seguro de lo que hacía. La otra era un disparate. Hablaba del deber y la necesidad de ocupar el lugar que corresponde a uno en la trama de la vida. El lugar de un hombre está siempre con los que ama. Sin mostrárselo a nadie, lo tiró a la basura.

Los autores

ALMARAL, JORGE LUIS (Culiacán, 1985)

Escritor, licenciado en informática y *game designer*. Ha participado en talleres de narrativa y cuento, así como de desarrollo de videojuegos. Actualmente escribe su primera novela: *Memento mori*.

BEF, BERNARDO FERNÁNDEZ (Ciudad de México, 1972)

Escritor, historietista y diseñador gráfico. Autor de, entre otras novelas, *Tiempo de alacranes* (Joaquín Mortiz, 2005, Premio de Novela Policiaca "Una vuelta de tuerca" y Premio Memorial Silverio Cañadas en la Semana Negra de Gijón), *Gel azul* (Parnaso, 2006, Premio Ignotus), *Hielo negro* (Grijalbo, 2011, Premio de Novela Grijalbo), *Cuello blanco* (Grijalbo, 2013) y *Bajo la máscara* (Almadía, 2014). También, ha publicado, entre otros, los cómics *Espiral: un cómic recursivo* (Alfaguara, 2010) y *La calavera de cristal* (Sexto Piso, 2011, con Juan Villoro). Antologó *Los viajeros: 25 años de ciencia ficción en México* (Ediciones SM, 2010), *Keret en su tinta* (Sexto Piso, 2013) y *25 minutos en el futuro: nueva ciencia ficción norteamericana* (Almadía, 2013) (monorama.blogspot.com /@monorama).

Boone, Luis Jorge (Monclova, 1977)

Poeta y novelista. Autor de los poemarios *Traducción a lengua extra-ña* (Tierra Adentro, 2007), *Novela* (Tierra Adentro, 2008), *Los animales invisibles* (Conaculta, 2012) y *Versus Ávalon* (ISC, 2014), entre otros; del volumen *Lados B. Ensayos laterales* (Jus, 2011); de los libros de cuentos *La noche caníbal* (FCE, 2008) y *Largas filas de gente rara* (FCE, 2012); y de la novela *Las afueras* (Era-UNAM, 2011). Ha recibido, entre otros, el Premio de Cuento Inés Arredondo 2005, el Premio de Poesía Joven Elías Nandino 2007 y el Premio de Ensayo Carlos Echánove Trujillo 2009. Es miembro del Sistema Nacional de Creadores de Arte (@luisjorgeboone).

Bustos, Carlos (Guadalajara, 1968)

Cuentista y novelista. Ha sido distinguido con diversos reconocimientos, entre los que destacan el Premio Nacional de Literatura Juan Rulfo 1997, el Premio Nacional de Novela Jorge Ibargüengoitia 2005 y el Premio Nacional de Literatura Gilberto Owen 2009. Es autor de, entre otros, *Fantásmica* (Axial, 2011), *La espina del mal* (Terracota, 2012) y *El libro que resucitaba a los muertos* (Random House Mondadori, 2013). Ha colaborado en diversas publicaciones nacionales así como de España, Estados Unidos, Perú y Chile (carlosbustos-escritor.webs.com).

Chacek, Karen (Ciudad de México, 1972)

Escritora y guionista. Ha publicado la recopilación de relatos *Días paralelos* (Salida de Emergencia, 2006), los libros infantiles *Una mascota inesperada* (Ediciones Castillo, 2007), *Nina Complot* (Almadía, 2009) y *La cosa horrible* (Axial, 2011), y la novela *La caída de los pájaros* (Alfaguara, 2014). Ha participado en antologías de crónica, cuento de terror, ciencia ficción, zombis y relato infantil (@Malkatika).

CHIMAL, ALBERTO (Toluca, 1970)

Narrador y ensayista. Maestro en literatura comparada por la Universidad Nacional Autónoma de México. Ha obtenido, entre otros reconocimientos, el Premio de Cuento Benemérito de América y el Premio Nacional de Cuento San Luis Potosí. Es autor de, entre otros, los libros de cuentos *Gente del mundo* (Tierra Adentro, 1998, Era 2014), *El país de los hablistas* (Umbral, 2001), *Estos son los días* (Era, 2004), *Grey* (Era, 2006), *El Viajero del Tiempo* (Postdata, 2011), *Siete* (Salto de Página, 2012) y *El último explorador* (FCE, 2012), así como de las novelas *Los esclavos* (Almadía, 2009) y *La torre y el jardín* (Océano, 2012) y la novela gráfica *Kustos, 1. La puerta secreta* (Resistencia, 2014). Recientemente publicó el libro de minificciones *El gato del Viajero del Tiempo* (Postdata, 2014). Actualmente es miembro del Sistema Nacional de Creadores (lashistorias.com.mx/@albertochimal).

DAMIÁN MIRAVETE, GABRIELA (Ciudad de México, 1979)

Narradora y ensayista. Autora de *La tradición de Judas* (Conaculta, 2010) y editora de *En reconstrucción: Hacia nuevas identidades y narrativas a partir de la equidad* (Tierra Adentro, 2014). Sus cuentos, la mayoría fantásticos y de ciencia ficción, han aparecido en *Los viajeros: 25 años de ciencia ficción mexicana* (Ediciones SM, 2010), *Así se acaba el mundo. Cuentos mexicanos apocalípticos* (Ediciones SM, 2012), *Three Messages and A Warning: Contemporary Mexican Short Stories of the Fantastic* (Small Beer Press, 2012, finalista del World Fantasy Award) y *Bella y Brutal Urbe* (Resistencia, 2013). Premio de Cuento de la Feria Internacional del Libro Infantil y Juvenil y becaria del Fonca. Recomienda lecturas cada viernes en CódigoCDMX, radio en línea. (naipesdeopalo.blogsome.com/@gabysiglopasado).

Delgado, Omar (Ciudad de México, 1975)

Narrador. Autor de la novela *Ellos nos cuidan* (Colibrí, 2005). En octubre de 2010 obtuvo el segundo lugar en el concurso de ensayo Carlos Fuentes convocado por la Universidad Veracruzana; en febrero de 2011, el premio Iberoamericano de Novela Siglo xxi Editores-unam-El Colegio de Sinaloa por la novela *El Caballero del Desierto*; y en noviembre del mismo año primer lugar en el Concurso Nacional de Cuento Magdalena Mondragón, convocado por la Universidad Autónoma de Coahuila. Su trabajo se encuentra en varias antologías de cuento, como *El abismo: Asomos al terror hecho en México* (Ediciones sm, 2011) y *Bella y Brutal Urbe* (Resistencia, 2012) (yoatecutli.blogspot.com/@Cardenal_Gasdas).

Esquinca, Bernardo (Guadalajara, 1972)

Novelista, cuentista y antologador. Autor de las novelas *Belleza roja* (fce, 2005), *Los escritores invisibles* (fce, 2009), *La octava plaga* (Zeta, 2011) y *Toda la sangre* (Almadía, 2013), y de los volúmenes de cuentos *Los niños de paja* (Almadía, 2008), *Demonia* (Almadía, 2008) y *Mar Negro* (donde está incluido "La otra noche de Tlatelolco"). Con Vicente Quirarte antologó los dos volúmenes de *Ciudad fantasma. Relato fantástico de la Ciudad de México* (xix-xxi) (Almadía, 2013) (@besquinca).

Eudave, Cecilia (Guadalajara, 1968)

Novelista. Doctora en Lenguas Romances por la Universidad de Montpellier, pertenece al Sistema Nacional de Investigadores. En 1990 obtuvo la Beca Nacional Salvador Novo en narrativa. Entre otros, autora de *Técnicamente humanos* (Plenilunio, 1996), *Registro de imposibles* (Tierra Adentro, 2000), *La criatura del espejo* (Progreso, 2007), *Bestiaria Vida* (Ficticia, 2008, Premio Nacional de Novela Corta Juan García Ponce 2007), *Las batallas desiertas del pen-*

samiento del 68 (UDG, 2007), *Sobre lo fantástico mexicano* (LetraRoja Publisher, 2008, mención honorífica en el 12th Annual International Latino Book Awards), *Pesadillas al mediodía* (Progreso, 2010), *Papá Oso* (A buen paso, 2010) y *Para viajeros improbables* (Arlequín, 2011) (ceciliaeudave.blogspot.com/@CeciliaEudave).

Guzmán Wolffer, Ricardo (Ciudad de México, 1966)

Narrador, dramaturgo y poeta, publica en diarios y revistas desde hace más 20 años. Entre los reconocimientos que ha recibido destacan el Premio Nacional de Poesía Ramón Iván Suárez Caamal por *Vivir en filo* y el Premio Tirant lo blanc, convocado por el Orfeó Catalá, en 2002. Autor de *Que Dios se apiade de nosotros* (Conaculta, 1993), *Virgen sin suerte* (Times Editores, 1999), *Colman los muertos el aire* (Lectorum, 2001), *La frontera huele a sangre* (Lectorum, 2002), *Bestias* (Lectorum, 2005). Antólogo *La maldad y el miedo* (Porrúa, 2012).

Lazo, Norma (Veracruz, 1966)

Narradora y ensayista. Egresada de la Facultad de Psicología Clínica de la Universidad Veracruzana. Fundadora y ex directora editorial de la revista *Complot*. Antologadora de *Cuentos violentos* (Cal y Arena, 2006). Autora de *Noches en la ciudad perdida* (Pellejo, 1995), *Sin clemencia: los crímenes que conmocionaron a México* (Grijalbo Mondadori, 2007), *El horror en el cine y en la literatura. Acompañado de una crónica sobre un monstruo en el armario* (Paidós, 2004), *El dolor es un triángulo equilátero* (Cal y Arena, 2005, Premio José Fuentes Mares 2007), *El dilema de Houdini* (Mondadori, 2008), *El mecanismo del miedo* (Montena, 2010) y *Lo imperdonable* (Tusquets, 2014).

Mora, Édgar Adrián (Tlatlauquitepec, 1976)

Narrador. Autor de los libros de cuentos *Memoria del polvo* (UACM, 2005, Premio Nacional de Narradores Jóvenes), *Agua* (Tártaro, 2011) y *Raza de víctimas* (Voz Ed Editorial, 2012). Textos suyos aparecen en las antologías *El crimen como una de las bellas artes* (Instituto Coahuilense de Cultura-Porrúa-Conaculta, 2002), *La fiesta de los muertos* (UNAM, 2000), *¡Sensacional de grumetes! El agua* (Nostromo Literatura, 2011), *Breve colección del relato porno* (Shandy-Tres Perros, 2011), *El muchacho que trotó hasta fundirse con el horizonte de la Patagonia* (Resistencia-E-books Patagonia, 2012), *Mexican Speculative Fiction* (edición bilingüe del sitio Palabras Errantes, 2013) (fabricadepolvo.blogspot.com/@fabricadepolvo).

Ortiz, Joserra (San Luis Potosí, 1981)

Ensayista y antologador. Doctor en estudios hispánicos por la Brown University. Actualmente dirige las Jornadas de Detectives y Astronautas (proyecto de difusión e investigación de literaturas mexicanas de género). Es coantologador del volumen *Nuevo cuento latinoamericano* (Marenostrum, 2009). Un ensayo suyo fue incluido en *La mosca en el canon. Ensayos sobre Augusto Monterroso* (Tierra Adentro, 2013). En 2011 publicó el volumen de relatos *Los días con Mona* (Tierra Adentro) (joserraortiz.com/@joserraortiz).

Ramos Revillas, Antonio (Monterrey, 1977)

Cuentista y novelista. Egresado de la carrera de letras españolas de la UANL. Ha sido becario de diversas instituciones como el Centro Mexicano de Escritores, el Fonca (Jóvenes Creadores) y la Fundación para las Letras Mexicanas. Ha obtenido diversos reconocimientos, como el Premio Nacional de Cuento Joven Julio Torri y el Premio Nacional de Cuento Salvador Gallardo Dávalos. Sus libros más recientes son *El cantante de muertos* (Almadía, 2011),

La guarida de las lechuzas (Ediciones El Naranjo 2013, Premio Fundación Cuatro Gatos a los mejores libros en habla hispana publicados en 2013) y el libro álbum *Mi abuelo el luchador* (Ediciones El Naranjo 2013, seleccionado por el Banco del Libro de Venezuela como uno de los mejores libros infantiles originales de 2013) (@kozameh).

SILVA MÁRQUEZ, CÉSAR (Ciudad Juárez, 1974)

Novelista y poeta. Autor de las novelas *Los cuervos* (Tierra Adentro, 2006), *Una isla sin mar* (Random House Mondadori, 2009) y *Juárez Whiskey* (Almadía, 2013); así como de los poemarios *AB-Cdario* (Tierra Adentro, 2000 y 2006), *Si fueras en mi sangre un baile de botellas* (Ediciones Sin Nombre-Editorial Nod, 2005) y *El caso de la orquídea dorada* (Écrits des Forges-Mantis Editores, 2009), entre otros. Alguno de los galardones que ha recibido son: Premio Binacional de Novela Joven Frontera de palabras/Border of words 2005, el Premio Estatal de Ciencias y Artes Chihuahua 2010, el Premio Nacional de Cuento INBA San Luis Potosí 2011 y el Premio Nacional de Novela INBA José Rubén Romero 2013 (@Cesar_Silva_M).

VALLEJO, ARTURO (Ciudad de México, 1973)

Divulgador de la ciencia, novelista y cuentista. Es autor de la novela *No tengo tiempo* (Alfaguara, 2009) y del libro infantil *Animales que ya no están* (El Arca, 2012, seleccionado por la SEP para su programa Libros del Rincón). En 2008 fue ganador del Premio Literario Caza de Letras otorgado por la UNAM y en 2007 del Premio de Museografía Miguel Covarrubias otorgado por el INAH. En 2011 recibió la beca del Programa de Residencias Artísticas Fonca-Conacyt para el Banff Centre for the Arts, en Alberta, Canadá (ciencia-vudu.blogspot.com/@arturo_vallejo).

ZÁRATE, JOSÉ LUIS (Puebla, 1966)

Novelista, ensayista y cuentista. Ha obtenido premios nacionales e internacionales, entre los que destacan el Premio Más Allá 1984, el Premio Kalpa 1992, el Premio Internacional de Novela MECYF 1998 y 2002, y el Premio UPC de Ciencia Ficción 2000. También fue ganador del concurso de minicuento de la revista *El cuento*, de Edmundo Valadés. Algunos de sus libros son: *Entre la luz* (Arlequín, 2013); *Les Petits Chaperons (micronouvelles)* (Outwold, 2010), *La máscara del héroe* (Grupo Ajec, 2009), *Ventana 654* (Semarnat, 2004) y *Xanto, Novelucha libre* (Planeta, 1994). Con sus cuentas de Twitter y Facebook dedicadas a la twitteratura es una presencia constante en la microficción. Junto con Gerardo Porcayo creó la primera revista electrónica mexicana de ciencia ficción: *La langosta se ha posado* (en diskette, autoejecutable) (zarate.blogspot.com/@joseluiszarate).

Los antologadores

Castro, Raquel (Ciudad de México, 1976)

Escritora, guionista, profesora y promotora cultural. Obtuvo el Premio de Literatura Juvenil Gran Angular 2012 y en dos ocasiones el Premio Nacional de Periodismo por su participación en el programa *Diálogos en Confianza* de OnceTV. Cuentos suyos aparecen en diversas antologías. Es autora de las novelas *Ojos llenos de sombra* (Ediciones SM-Conaculta, 2012), *Lejos de casa* (El Arca Editorial, 2013), *Exiliados* (El Arca Editorial, 2014) y *Dark doll* (Ediciones B, 2014). Tiene una columna semanal sobre literatura infantil y juvenil, "País de maravillas", en *La Jornada Aguascalientes* (raxxie.com/@raxxie_).

Villegas, Rafael (Tepic, 1981)

Narrador e historiador. Recientemente publicó *Juan Peregrino no salva al mundo* (Paraíso Perdido, 2012), *Louisiana* (Paraíso Perdido, 2013) y *Monstruos de laboratorio. La ciencia imaginada por el cine mexicano* (IMC, 2014). Premio Nacional de Poesía Amado Nervo 2005, Premio Julio Verne 2007 y 2009, Premio Nacional de Cuento José Agustín 2009. Becario del Fonca (2010). Actualmente es profesor en la Universidad de Guadalajara y estudia el doctorado en historiografía en la Universidad Autónoma Metropolitana (apocrifa.net/@villegas).

Índice

OCEANO exprés

Esta obra se imprimió y encuadernó
en el mes de junio de 2017,
en los talleres de Impregráfica Digital, S.A. de C.V.
Calle España 385, Col. San Nicolás Tolentino,
C.P. 09850, Iztapalapa, Ciudad de México.